KB121256

로크미디어가
유혹하는
재미있는 세상

ROK
MEDIA
로크미디어

아이템
매니아

아이템 매니아 6

2017년 11월 3일 초판 1쇄 인쇄
2017년 11월 8일 초판 1쇄 발행

지은이 오메가쓰리
발행인 이종주

기획 팀 이기헌 왕소현 박경무 이승제
책임 편집 최이슬

발행처 (주)로크미디어
출판등록 2003년 3월 24일
주소 서울시 마포구 성암로 330 DMC 첨단산업센터 3층 314호
Tel (02)3273-5135 **Fax** (02)3273-5134
홈페이지 rokmedia.com **E-mail** rokmedia@empas.com

ⓒ 오메가쓰리, 2017

값 8,000원

ISBN 979-11-294-2268-2 (6권)
ISBN 979-11-294-0457-2 04810 (세트)

아이템 매니아

6

오메가쓰리 퓨전 판타지 장편소설

ROK
MEDIA

로크미디어

contents

Chapter 1

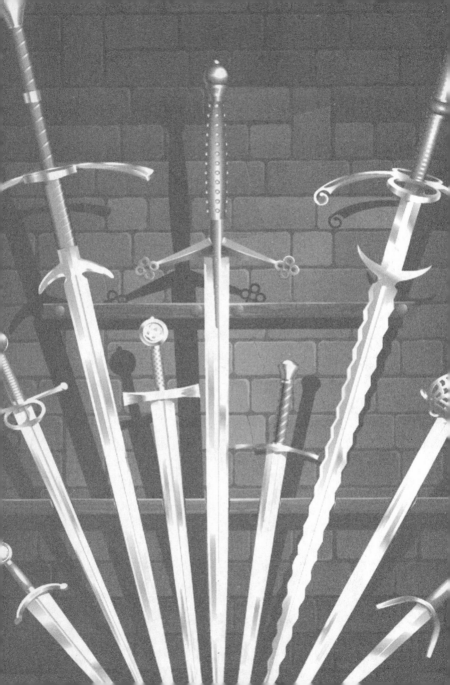

    끝없이 펼쳐진 모래의 땅.

    오직 모래만이 존재하는 황량한 지역의 최북단에는 오아시스의 나라 헬리오폴리스가 자리해 있었다.

    초대 왕 오시리스의 어진 통치로 번영을 구가하던 나라.

    백성들은 이 평화가 영원히 지속될 것으로 생각했지만, 언제나 불행은 예고 없이 찾아오는 법.

    그 시작은 형제의 시기심으로부터 시작되었다.

    신과 백성들의 사랑을 한 몸에 받는 형 오시리스를 시기한 세트는 어느 날 꾀를 내었다.

    오시리스의 신장에 맞는 아름다운 다이아몬드관을 만든 그는 나라의 안녕을 기원한다는 핑계로 축제를 열었다.

술과 음식이 오가는 흥겨운 파티의 중간, 흥을 돋우기 위한 명목으로 관을 가져와 이 관에 딱 맞는 자가 있으면 그것을 선물하겠다고 제안했다.

황홀하기 그지없는 다이아몬드 관을 차지하기 위해 수많은 이들이 도전했으나 그 누구에게도 맞지 않았다.

마지막 도전자는 동생의 부추김을 받은 오시리스였다.

당연히 그의 신장에 맞춘 관이었으니 딱 맞을 수밖에.

여기까진 단순한 이벤트에 불과하다.

문제는 오시리스가 관에 들어간 그 다음부터였다.

세트와 부하들이 달려들어 관에 못을 박았다.

그것으로도 불안했는지 납을 녹여 완전히 봉한 후 나일강에 띄워 바다로 흘려 보냈다.

오시리스의 죽음과 함께 세트가 다음 왕위에 올랐다.

현명하고 어진 왕이었던 형과 달리 그는 탐욕으로 똘똘 뭉쳐져 있던 폭군이었다.

나날이 높아지는 세금과 강제 노역으로 인해 백성들의 삶은 피폐해졌으나, 왕과 그를 따르는 신하들의 삶은 하루하루가 주지육림酒池肉林의 연속이었다.

이에 오시리스의 아내 이시스는 자신을 따르는 일부 신하들과 뜻이 맞는 백성들을 규합해 반군을 결성해 세트의 폭정에 저항하기에 이르렀으나, 세력의 질과 양, 모든 면에서 상대도 되지 않았다.

아무리 왕비였다 한들 아녀자인 이시스를 따르려는 자들이 많지 않았기 때문이다.

자신의 역량이 턱없이 부족하다는 것을 느낀 그녀는 결국 다른 수를 고안해 냈다.

신비한 마법의 힘을 통한 오시리스를 부활시킬 방법을 찾은 것이다.

부활에 필요한 것은 오시리스의 시신.

아무도 몰래 헬리오폴리스를 떠난 그녀는 남편의 시신을 찾기 위해 방랑 생활을 시작했다.

기나긴 방랑 기간.

결국 세계의 끝, 뷔블로스 해안에서 시신을 발견한 그녀는 헬리오폴리스의 비밀 거처로 돌아와 부활 의식을 치렀다.

순리를 역행하는 부활의 마법이다.

당연히 이를 발현하기 위한 기간이 오래 걸릴 수밖에 없었다.

대신 효과는 확실했다. 시일이 지날수록 죽음의 강을 건넜던 영혼이 이승에 머무는 시간도 길어졌다.

의식을 찾은 오시리스와 이시스는 사랑을 나눴고, 그렇게 호루스라는 이름을 가진 사내아이가 태어났다.

새로운 생명의 탄생은 분명 축하할 만한 일이었지만, 그로 인해 부활의 의식은 중단되었다.

부활의 의식은 고도의 집중을 요구하는 일이었다.

꼬박 반나절을 소모해야 하는 일.

하지만 그렇게 되면 아이를 돌볼 수 없기에 호루스가 성장할 때까진 의식을 중단할 수밖에 없었다.

복수의 시기가 조금 길어질 뿐이다.

그리 위안한 이시스는 그 어디보다 안전한 비밀 거처에 오시리스의 시신을 놓아둔 채 육아에 전념했다.

하늘은 오시리스의 편이 아니었다.

보름달이 뜬 어느 날 밤.

멧돼지를 사냥하기 위해 나온 세트는 운명의 이끌림에 의해 이시스의 비밀 거처를 발견할 수 있었다.

죽어서까지도 자신을 괴롭히는 오시리스.

그 시신을 발견한 세트의 눈은 분노로 뒤집혔다.

그는 사냥 도구로 가져온 칼을 휘둘러 육신을 14개로 조각내었다.

그리고 조각 낸 육신은 다시는 찾지 못하도록 모래사막에 던져 버렸다.

뒤늦게야 이 사실을 알게 된 이시스는 통한의 눈물을 흘리며 오시리스의 육신을 찾으려 했지만, 도무지 그 행방을 알 수 없었다.

불가능한 일에 언제까지 메어 있을 순 없는 노릇.

비록 오시리스의 부활이 이루어지진 않았지만, 그녀에겐 호루스가 있었다.

매의 얼굴을 한 오시리스의 정식 후계자 이시스는 호루스를 전면에 내세워 다시 한 번 반군을 규합했다.

확실히 전과는 달랐다.

그간 중립을 표방했던 수많은 이들이 호루스의 밑으로 몰려들었다.

충분히 세트와 겨룰 수 있는 세력이 형성된 것이다.

독재로 숨죽이고 있던 헬리오폴리스에 해방의 물결이 몰아닥치고 있었다.

⁂

카캉!

도검이 난무하는 치열한 전투의 현장엔 황금색과 흰색 물결이 한데 뒤섞이고 있었다.

서로 대립의 칼날을 세우고 있는 두 진영은 헬리오폴리스를 다스리고 있는 왕 세트의 정규군과 이에 저항하는 호루스의 반군들이었다.

"물러서!"

장내에 울려 퍼지는 외침에 하얀 물결이 후퇴했다.

그와 동시에 하늘에서부터 거대한 검이 떨어져 내렸다.

익숙한 그 광경은 모글레이의 격이 발동했을 때의 그것이었다.

무려 전설급 무구의 격.

그것도 패에 이른 마력에서 발현되었기 때문에 등장하는 것만으로 어마어마한 존재감을 뽐내었다.

빠르게 지상으로 하강하던 모글레이는 마침내 정규군을 목전에 두었다.

그그극.

하지만 목적을 달성하지 못했다.

넓은 범위로 펼쳐진 연녹색 보호막이 정규군을 보호하고 있었다.

모글레이를 막기 위해 또 다른 전설급 무구의 격이 발동된 것이다.

무구의 격이 활용되는 전투, 입문자들이었다.

5막에 들어선 입문자들은 호루스의 반군과 세트의 정규군 중 한 곳을 선택해 그들을 도와야만 했다.

물론 반드시 선택해야 하는 건 아니다.

다만 중립을 지킬 경우 임무의 제한으로 인해 보상을 얻기가 힘들어질 뿐이다.

보상은 곧 입문자들에겐 무력을 뜻하는 것.

때문에 대다수의 입문자가 정규군과 반군 중 한 곳을 선택해 그들의 편을 들고 있었다.

현재 벌어지는 전투의 주체 또한 입문자들이었다.

곳곳에서 일어나는 국지전 중 하나지만 두 진영의 싸움은 단순한 소모전이라 보기 어려웠다.

무려 전설급 무구의 격이 오가고 있었다.

이제 5막이다. 전설급 무구라고 해 봐야 100개가 넘지 않는 않을진대 그중에 2개가 나타난 것이다.

게다가 더 놀라운 것은 따로 있었다.

"흑룡 구리가라가 현신하니, 만물이 불꽃에 휩싸인다."

구름 한 점 없이 맑기만 한 하늘이었다.

그런데 사내의 시동어와 함께 강렬한 태양을 가릴 정도의 거대한 구름이 생성되었다.

"저, 저기!"

누군가가 손가락으로 하늘을 가리켰다.

장내의 모두의 시선이 하늘로 향했다.

그곳엔 구름이 있었다.

일반적인 구름이 아닌 용을 형상화한 구름이었다.

점차 선명한 형상을 띠어 가던 구름은 곧 살아 있는 생명체로 화했다.

온통 검은 비늘로 뒤덮인 흑룡 구리가라가 현신한 것.

거대한 몸집을 지닌 이 흑룡은 미꾸라지처럼 몸을 비틀며 지상을 향해 비행했다.

쿠아앙!

적당한 거리를 포착한 구리가라가 포효했다.

엄청난 파동이 생겨남과 동시에 푸른 불꽃이 뿜어져 나와 연녹색 보호막을 강타했다.

그렇지 않아도 모글레이로 인해 꽤 타격을 받은 상태였다. 거기에 구리가라의 불꽃까지 더해지자 더는 버틸 수 없었다.

"끄으악!"

한 번 불이 붙으면 모든 것을 태울 때까진 절대로 소멸하지 않는 멸화滅火의 권능이 담긴 불꽃이었다.

살과 뼈를 태우는 고통에 비명만이 장내를 지배했다.

"돌격!"

단신으로 적의 보호막을 깨뜨린 사내. 자칼을 형상화한 투구를 쓴 사내가 명령했다.

"우와아!"

그의 명령과 함께 일진 후퇴했던 반군이 성난 파도와 같이 적들을 덮쳤다.

철썩 같이 믿고 있었던 보호막이 깨어진 데다가 대다수 아군이 불길에 휩싸여 전투 불능이 된 상황.

사기가 꺾일 대로 꺾인 그들은 제대로 된 대비를 할 수 없었다.

마치 파도에 휩쓸린 모래알처럼 전투는 순식간에 끝을 맺었다.

이번 전투에 지대한 공을 세운 자칼 투구의 사내가 격전의 현장 속을 거닐었다.

느릿하게 걸어가던 그가 멈추었다.

그의 앞에 시체 하나. 주변 다른 이들보다 화려한 갑옷을 착용한 이였다.

그리고 그 옆에는 지금껏 간직하고 있었던 전리품이 한가득 떨어져 있었다.

상체를 숙여 그중 하나를 집어 들었다.

손에 쥐어진 건 제사 의식에나 사용될 법한 휘어진 칼날의 단도.

"안후르의 보도寶刀."

전설급 무기.

일반적으로 모든 무기의 격이 공격용인데 반해 이 단도의 경우엔 방어용이었다.

그것도 다수의 아군을 보호할 수 있는 대범위 보호막이다.

조금 전 모글레이를 막은 권능이 바로 안후르의 보도에서 발휘된 것이었다.

'이걸로 6개째.'

입문자들 사이에서 꽤 이름이 알려진 적들을 사냥했다.

그렇게 얻은 전설급 무구가 4개였다.

'앞으로 하나인가.'

본래 가지고 있었던 3개와 합쳐 현재 그의 손에 있는 전설급 무구는 9개였다.

이제 1개만 더 얻으면 그토록 바라마지 않던 불멸급 무구를 손에 넣을 수 있다.

당장 눈앞으로 다가온 보상을 되새기며 투구를 벗었다.

"후우."

땀으로 흠뻑 젖은 검은 머리칼이 찰랑였다.

목 언저리까지 내려온 장발 사이로 드러난 얼굴의 주인공은 준형이었다.

5막에 도착한 지 58일.

그간 준형은 지금까지의 노력을 무색케 할 정도로 노력하고 또 노력했다.

이스턴 무사들과의 짧은 접전으로 자신의 한계를 뼈저리게 느꼈기 때문이었다.

그전까진 충분히 노력했다고, 이 정도면 꽤 강하다고 자부했었다.

하지만 기대는 산산이 무너졌고, 나약한 자신의 힘으론 그 누구하나 지킬 수 없음을 깨달았다.

정훈의 도움이 아니었다면 그곳에서 죽었어야 했다.

또 한 번의 기회라 생각한 그는 자신을 한계까지 몰아붙였다.

죽음의 위기도 숱하게 찾아왔으나 초인적인 정신력으로 그 모든 것을 이겨 냈다.

혹독한 노력의 결과는 무력의 상승으로 이어졌다.

하지만 그는 좀처럼 만족하지 않았다.

마치 만족을 모르는 사람처럼 끊임없이 채찍질하여 어느

정도의 성과를 낼 수 있었다.

거의 모든 능력치를 패의 끝에 올려놓았으며 전설급 무장을 갖췄다.

게다가 협력 길드에서 탈피해 지구인으로만 이루어진 어스Earth 연맹의 총사령관 직위에 올랐다.

단일 세력으로는 가장 많은 인원을 보유한 강력한 단체의 수장이 된 것이다.

"사령관님."

상념에 빠져 있던 사이 누군가 접근해 왔다.

시선이 닿은 곳엔 짧은 스포츠머리의 청년이 있었다.

패기 넘치는 눈동자와 날카로운 눈이 인상적인 그는 현재 어스 내에서도 떠오르고 있는 신성이었다.

'박태준.'

직위에 상관없이 무력으로만 따졌을 때 실질적인 2인자인 자였다.

사실 준형의 노력은 스스로 깨달은 바가 있었던 것도 있지만, 바로 눈앞의 청년에게 자극을 받아서이기도 했다.

무서울 정도로 성장하는 그에게 뒤처지지 않기 위해서라도 더욱 노력했다.

하지만 그 격차가 점차 좁혀지기는커녕 벌어지는 느낌이 들 때가 종종 있었다.

'가장 경계해야 할 사람.'

사교성도 좋고 주위 평판도 나쁘지 않으나 뭔가 꿍꿍이를 숨기고 있는 듯한 느낌을 계속 받아 왔다.

그렇기에 항상 유의 깊게 관찰하는 중이었다.

물론 이러한 내심을 겉으로 드러내는 일은 없었다.

고작 심증으로 뛰어난 인재를 내칠 만큼 멍청이가 아니었기 때문이다.

오히려 그 능력을 발휘할 수 있도록 격려했다.

적어도 이빨을 드러내기 전까지 그는 무한한 신뢰로 태준을 포용할 생각이었다.

"찾았습니까?"

내심을 숨긴 준형의 물음에 태준이 답했다.

"아뇨. 이번에도 허탕인 것 같습니다."

"흐음."

적들의 비밀 거처 중 하나를 급습했다.

물론 세력을 약화시키려는 의도도 있었지만, 가장 중요한 목적은 오시리스의 육신을 찾기 위함이었다.

세트에 의해 부활의 의식이 저지되긴 했으나 이시스는 아직도 오시리스를 찾고 있었다.

호루스를 전면에 내세웠어도 오시리스라는 강력한 패를 배제할 수 없었던 것.

나라의 번영을 주도했던 어진 왕의 복귀만큼 강력한 수는 없었기 때문이다.

물론 육신이 14개로 찢기긴 했으나, 그 모든 조각을 찾을 수만 있다면 부활시킬 수 있다.

그래서 이시스는 자신은 물론 부하들, 그리고 반군을 선택한 입문자들에게 오시리스의 육신을 찾아오라는 임무를 부여했다.

반군에 소속된 모든 입문자들이 눈에 불을 켜고 오시리스의 육신을 찾아다녔다.

그 이유는 임무의 보상 때문이었는데, 무려 전설급 세트 아이템인 이시스의 무장을 얻을 수 있는 것이다.

하나도 아닌 5개로 이루어진 전설급 세트 무장을 얻을 수 있는 기회였으니, 모두가 혈안이 된 채 찾는 게 당연한 일이었다.

준형 또한 그중의 한 사람으로 어떻게든 먼저 단서를 발견하기 위해 동분서주했지만, 매번 허탕만 치는 중이었다.

이번에도 마찬가지였다.

꽤 강력한 정예군으로 편성된 입문자들의 보호 아래 있기에 혹시나 싶었지만, 역시 허탕이었다.

"별수 없군요. 적의 지원군이 언제 들이닥칠지 모르니 이만 후퇴하도록 합시다."

이곳은 전장이다.

하등 도움도 되지 않는 미련으로 아군을 위험에 노출시킬 순 없었다.

명령을 내린 그 또한 벗었던 투구를 다시 쓰며 돌아갈 채비를 할 때였다.

휘잉.

갑자기 광풍이 불어왔다.

자연적인 바람이 아닌 인위적인 것.

"여어, 사령관? 못 본 사이에 사령관까지 되셨어?"

등 뒤로 익숙한 음성이 들려왔다.

자신의 기척을 속일 정도의 은밀함.

평소였다면 당연히 놀라야 할 상황이었으나 준형의 얼굴에는 한 줄기 미소가 피어났다.

"오셨군요."

반가움에 뒤를 돌아보았다.

그러나 시야로 들어온 건 전혀 예상치 못한 광경이었다.

"웬 놈이냐?"

태준이 달려들었다.

그 의도는 단순했다. 낯선 침입자에게서 사령관인 준형을 보호하기 위함이었다.

5막에서부터 합류한 그는 정훈의 정체에 대해 알지 못했다.

'안 돼!'

머릿속에 맴도는 말을 내뱉기도 전이었다.

퍼억.

짧게 끊어 친 정훈의 주먹이 태준의 복부를 가격했다.

흡사 가죽 북을 두드린 것처럼 너무도 선명한 소리와 함께 한 마리 새우가 된 태준이 반대 방향으로 날아갔다.

놀란 준형의 눈동자가 정훈에게 향했다.

"호들갑 떨지 마. 죽이진 않았으니까."

웬만하던 먼저 덤빈 자를 살려 두는 일은 없으나 이번만큼은 예외였다.

그래도 아끼는 부하(?)인 준형의 식구였기에 손속에 사정을 둔 것이다.

"감사합니다."

곧장 감사를 표했다.

비록 그 꿍꿍이를 알 수 없는 자여도 능력만큼은 발군이었다.

이렇게 허무하게 잃을 만한 인재는 아니었다.

고개를 든 그는 혹시 모르는 사태에 대비하기 위해 주변의 부하들에게 눈짓해 태준의 상세를 확인하도록 시켰다.

"이번은 그냥 넘어가 주는데, 다음부턴 똑바로 주의시켜."

"명심하겠습니다."

농담처럼 들리지만 그 속에 뼈가 숨어 있었다.

등 뒤로 식은땀이 흘러내린다.

매번 느끼는 거지만 그와 대면할 때면 숨이 막혔다.

그것은 어느 정도 성장한 지금도 마찬가지였다.

'정녕 이 사람은 괴물이란 말인가.'

노력하고 또 노력해 지금의 성장을 이룰 수 있었다.

이 정도면 정훈의 발끝에라도 닿지 않았을까 생각하기도 했었지만, 막상 대면한 그를 보니 그 모든 게 턱도 없다는 것을 깨달을 뿐이었다.

눈앞의 정훈은 마치 거대한 산과 같았다.

그것도 육지에 솟은 일반 산이 아닌 수면 밑에 거대한 본체를 숨겨 놓은 빙산과 같은 존재감을 뽐냈다.

잠재력이 어느 정도인지 측정이 불가능할 정도였다.

어느 정도 따라잡은 게 아니라 격차는 더욱 벌어졌다.

그 사실이 준형을 절망하게 만들었다.

"하나 충고해 주자면 괜히 나랑 비교하는 그런 병신 같은 짓거린 하지 마. 아무런 의미도 없는 일이니까. 지금처럼 앞만 봐. 그래야 조금이라도 생존할 확률을 높일 수 있을 테니까."

준형의 기색을 읽은 정훈이 나름 위로를 건네주었다.

솔직히 말해 처음 봤을 땐 조금은 놀랐다.

10년간의 게임 경력을 지닌 그도 이렇게 성장하라고 하면 못했을 정도로 준형의 성장을 놀라운 것이었다.

만약 한주먹 캐릭터가 지니고 있었던 아이템이 없었다면 어땠을까.

'비슷하거나 그 이하였을지도.'

그에게 게임의 전반적인 지식이 있다면 준형에겐 사람을 끌어들이는 마력이 있었다.

세력을 형성하여 보다 높은 난이도의 임무에 도전했고, 지금의 성장을 이루어 냈다.

　'더 생각할 것도 없군.'

　그간 수십 명의 대리자 후보를 선정해 뒀지만 대다수가 탈락했다.

　그중 셋만이 남았는데, 그 누구도 지금 준형만큼의 성장을 보여 주지 못했다.

　이 차이는 앞으로 벌어지면 더 벌어졌지 절대 좁혀지지 않을 터. 더 이상의 시험이 무의미했다.

　"축하해."

　뜬금없이 손을 내밀며 축하의 인사를 건넸다.

　"네? 무슨 말씀이신지?"

　의아해 하면서도 손을 맞잡았다.

　"뭐, 별거 아냐. 그보다 이거나 받아."

　의미심장한 미소를 지은 정훈이 바닥에 무언가를 쏟아냈다.

　"이건?"

　후두둑 소리를 내며 떨어진 건 조각난 인간의 육신이었다.

　이 미친놈이 또 무엇을 꺼낸 것인가.

　처음에는 인상을 찌푸렸으나 이내 무언가 떠오른 듯 동공이 확대되었다.

　"서, 설마?"

　"그 설마가 맞아. 네가 그토록 애타게 찾던 오시리스의 육신.”

놀란 시선이 정훈을 향한다.

심상치 않은 기운을 풍겨 대는 육신이 거짓일 리는 없었다.

그동안 발에 땀나도록 이곳저곳을 뒤졌지만 오시리스의 육신 조각은 단 1개도 찾지 못했다.

그런데 이 사람은 마치 맡겨 놓은 것이라도 찾은 양 너무도 간단히 가져왔다.

그 사실만으로도 충분히 놀랄 만한 일이지만, 그보다 더 놀라운 건 따로 있었다.

“이걸 제게 주시겠다는 말씀이십니까?”

무려 전설급 세트 아이템을 얻을 수 있는 임무의 열쇠였다.

사 가족이라 해도 믿고 맡길 순 없는 가치의 것이다.

그런데 그것을 이리도 쉽게 넘겨준다니, 준형의 상식으로선 도무지 이해가 되지 않았다.

“왜? 받기 싫어?”

“아뇨. 그건 아닙니다만, 쉽사리 이해가 가지 않아서 말입니다. 생각해 보면 정훈 님과 전 피 한 방울 섞이지 않은 남이지 않습니까? 왜 제게 이런 호의를 베푸는지 줄곧 궁금하긴 했습니다.”

도대체 왜 자신을 돕는 걸까?

다급한 사정으로 인해 모른 척하고 있었을 뿐 줄곧 궁금했었다.

오늘에야말로 대답을 듣고 말겠다는 준형을 물끄러미 바라보았다.

'어느 정도의 사실을 말해 줄 필요성이 있겠지.'

대리자로 선정된 이상, 상황이 어떻게 돌아가는지 조금은 파악하고 있어야 할 필요가 있다.

"넌 우리가 이 세계로 소환된 게 무슨 이유 때문이라고 생각해?"

사실 정훈은 이 게임의 최종 종착지를 알고 있었다.

생존을 위한 세계의 지식을 파헤치던 중 '비밀의 역사'를 들여다본 적이 있었기 때문이다.

게임으로 플레이할 때는 그저 게임의 세계관이 그렇다고 여겼을 뿐이다.

하지만 현실이 된 지금은 그것이 모두 사실이라는 것을 깨달았다.

이 게임의 진정한 목적을 알고 있었기에 누구보다 비정해지고, 끊임없이 자신을 채찍질해 성장할 수 있었던 것.

지금 그는 자신만이 알고 있는 비밀의 보따리를 푸는 중이었다.

"소환된 이유라⋯⋯."

뜬금없는 물음에도 준형은 조급하게 굴지 않았다.

대답을 회피하지 않았다는 건 질문에 대한 답을 내놓겠다는 것을 방증하는 것이기 때문이다.

"글쎄요. 저도 오랜 시간 생각해 왔지만, 명확한 답을 내놓진 못했습니다. 기껏 생각해 본 거라고 해 봐야 신과 같은 초월자가 특별한 무대를 통해 무언가 시험을 하는 게 아닐까 하는 정도죠."

'뭐?'

그 순간만큼은 감정의 동요를 감추기 힘들었다.

순전히 답을 이끌어 내기 위한 질문에 불과했다.

하지만 준형은 어느 정도 정답에 근접한 추론을 내놓았다.

그리고 그건 숨겨진 역사를 들여다본 정훈만이 파악하고 있었던 정답에 가까운 추론이었다.

"뭐, 비슷해. 신인지 초월자인진 모르겠지만, 우리는 지금 누군가가 마련해 놓은 시험대에 올라와 있는 상태야. 무엇을 위한 건진 나도 몰라. 다만 한 가지 확실한 건 이 빌어먹을 생존 게임에서 어떻게든 살아남아야 한다는 사실이지."

그건 정훈이 알고 있는 사실 중 일부분에 불과한 것이었다.

아무리 자신을 대신해 입문자들을 이끌 대리자라 해도 이 게임의 근본적인 목적을 알려 줄 순 없었다.

"그게 저를 돕는 것과 무슨 상관이 있는 건지?"

"널 입문자들의 구심점으로 만들 생각이니까."

"네? 그게 무슨……."

"생각해 봐. 지금 입문자들이 어때? 각각의 차원과 사상, 이념 등으로 나뉜 상태, 서로 물고 뜯느라 바쁘지. 물론 지금까진 상관없었어. 어떻게든 시나리오를 헤쳐 나가고 있지만, 당장 5막부턴 달라. 하나로 뭉치지 않는다면 어마어마한 대참사가 벌어지고 말걸."

지금까지의 시나리오를 돌이켜보면 입문자들의 경쟁을 부추겨 왔었다.

하지만 5막부터는 다르다.

초기 상황을 보면 지금까지와 마찬가지로 경쟁을 부추기는 것 같지만, 그렇지 않다.

결국엔 모든 입문자가 하나로 뭉쳐야만 난관을 헤쳐 나갈 수 있도록 설계되어 있는 무대인 것.

"그런데 이를 간과한 채 서로 죽자고 덤벼든다면 어떻게 될까?"

"파멸뿐이겠죠."

"바로 봤어. 그렇기에 구심점이 필요해. 거듭된 반목으로 서로에게 이를 가는 무리들을 하나로 뭉칠 절대적인 구심점."

"그게 바로 저라는 말씀이십니까?"

"그래."

역시 말귀 하나는 잘 알아먹는다.

정훈이 만족감에 고개를 주억거렸다.

"하지만 많이 부족합니다. 저 따위가 입문자들의 구심점이라뇨. 차라리 정훈 님이 더 적합한……."

"쯧, 전에도 말했지? 난 남들 챙기는 건 영 재주가 없다고.

차라리 죽이는 게 쉽지, 배알이 꼴려서 남을 돕는 일은 못 해."

부정하는 일은 없었다.

한 점 망설임도 없이 사람들을 베어 넘기는 정훈은 구심점보단 악마에 가까웠으니 말이다.

"물론 지금 네가 부족한 건 사실이야. 하지만 걱정 마. 오늘부터 사람 구실할 수 있도록 빡세게 굴려 줄 테니까."

어차피 현 시점의 시나리오를 진행해 봐야 얻을 수 있는 건 불멸급이 다였다.

이미 태고급 무구를 지니고 있는 정훈에겐 그리 큰 가치가 없는 것.

그렇기에 5막의 주인공을 준형에게 양보할 셈이었다.

적어도 현재의 무대는 자신의 것이 아니었다.

새로운 영웅, 입문자들의 구심점이 되어 줄 준형의 데뷔 무대인 셈이다.

─들어라. 자랑스러운 호루스의 병사들아. 어스 부대의 대장 최준형이 오시리스 왕의 육신을 찾아왔구나. 지금 이 순간부터 모든 전투를 금한다. 오늘은 위대한 업적을 이룬 최준형을 위한 축제를 열겠노라.

그것은 호루스의 반군을 선택한 모든 입문자들을 향한 이시스의 메시지였다.

"벌써 찾았다고?"

검에 묻은 피를 지면으로 털어 냈다.

붉은 장발과 색을 맞춘 것처럼 용이 그려진 붉은 무복을 입은 사내의 주변으로는 피와 시체만이 가득했다.

수백의 정규군이 숨을 거두었고, 그곳에서 살아 숨 쉬는 존재는 오직 그만이 유일했다.

"제법 탐나는 무구였건만. 이렇게 되면 어쩔 수 없지."

다른 모든 입문자들이 그러했던 것처럼 그 또한 오시리스의 육신을 찾고 있었다.

지금 죽어 나자빠진 적들도 그러한 과정에서 생겨난 부산물이었으나 이젠 아무런 의미가 없어졌다.

벌써 다른 누군가가 임무를 완수하고 보상을 챙겨 간 것이다.

하지만 그에게 포기란 단어는 없었다.

비록 보상이 자신의 손에 들어오진 않았으나 그게 무슨 상관인가.

"죽이고 빼앗으면 되는 것을, 끌끌."

늘 그래 왔던 것처럼 빼앗으면 그만이다. 물론 그에겐 그럴 만한 능력이 있었다.

서황西皇 사마소.

현재 이스턴을 지배하고 있는 4대 세력의 수장이자 120살 먹은 노마였다.

물론 겉으론 그렇게 보이지 않는다.

　20대의 청년처럼 보이는 것은 그의 독문무공인 사황흡기공死皇吸氣功의 영향이었다.

　상대의 생명력을 흡수하여 자신의 기운을 증진하는 건 물론 젊음을 유지하는 사이한 무공.

　지금처럼 20대의 모습을 유지하기 위해 얼마나 많은 이들이 목숨을 잃었는지 셀 수가 없을 정도였다.

　이 괴랄한 무공을 통해 하고자 마음먹은 건 모두 이루었다. 그것은 지금도 마찬가지다.

　눈독을 들인 무장을 반드시 손에 넣고 말 것이다.

　탓!

　지면을 박찬 그의 신형이 빛과도 같은 속도로 나아갔다.

　각지에서 이와 같은 움직임이 있었다.

　그간 웅크리고 있던 맹주들이 호기심과 탐욕을 품은 채 호루스의 성, 불투르로 모여들었다.

　공작의 깃털과 같은 무지갯빛 융단이 깔린 넓은 연회장에는 저마다 개성 넘치는 복색을 한 수많은 이들로 북적이고 있었다.

　그 복색의 차이는 있으나 하나같이 범상치 않아 보이는 광택을 뽐내었다.

그도 그럴 게 이곳은 반군의 중요 간부들이 모인 자리였기 때문이다.

반군의 수장인 호루스와 그의 어머니 이시스를 시작으로 명성이 드높은 5대 장군과 각 부대의 부대장들이 모인 자리.

대다수가 주민들로 구성되어 있으나 드문드문 입문자들의 모습도 확인할 수 있었다.

5막이 시작된 지 이제 고작 60일이 지났을 뿐이다.

아무것도 없는 상태에서 시작했을 텐데도 간부의 자리를 꿰찼다는 건 지닌 바 무력이 범상치 않음을 의미하는 것.

축제 내내 번뜩이는 그들의 눈동자는 오직 한 곳을 향해 있었다.

그 시선을 따라가면 화려하게 세공된 황금 의자가 있다.

황금으로 만든 의자에는 매의 가면을 쓴 호루스가, 그리고 그 옆에는 푸른색 깃털 옷을 입은 아름다운 미녀 이시스가 자리를 지키는 중이었다.

반군의 수장인 두 사람.

입문자들의 시선은 그들을 향한 것일까?

아니, 그들의 시선은 호루스나 이시스가 아닌 그 옆의 사내에게 향해 있었다.

마치 맞춘 듯 이시스와 비슷한 외형의 깃털 갑옷을 입은 사내.

그는 바로 새로이 오五장군의 직위에 오른 준형이었다.

오시리스의 육신을 무사히 가져다준 대가로 장군이 된 그는, 현재 반군에 소속되어 있는 모든 입문자들을 통솔하는 역할을 맡았다.

느닷없이 나타난 상관에 시선이 쏠리는 건 당연한 일이었다.

"자, 모두 축배를 들어라."

준형과의 개인적인 이야기로 꽃을 피우고 있던 이시스가 돌연 잔을 높게 치켜들며 외쳤다.

그녀의 명에 모두가 잔을 높이 들었다.

"오장군 최준형의 활약으로 왕의 부활 의식을 진행할 수 있게 되었다. 오시리스, 나의 남편이자 헬리오폴리스의 진정한 왕이 귀환하게 되는 그날, 저 간악한 세트를 물리치고 다시 한 번 이 나라에 평화의 깃발을 세워 올릴 것이다."

아군의 기세를 끌어올리기 위한 짧은 연설이었다.

의외인 것은 그것을 호루스가 아닌 이시스가 주도하고 있다는 점이다.

명색이 반군의 수장은 호루스다.

하지만 그는 가만히 자리를 지키며 어색한 웃음만 짓고 있을 뿐, 특별히 군주다운 모습을 보이지 않았다.

하지만 누구도 이런 광경에 의문을 표하지 않는다.

익히 알고 있는 사실이기 때문이다.

이시스는 자신의 아들을 진정한 왕으로 여기지 않았다.

아직도 오시리스의 그림자를 쫓고 있었고, 그의 육신마저 되찾은 지금은 대놓고 무시하는 모습을 보이곤 했다.

바로 지금처럼 말이다.

"이시스 님, 만세!"

"호루스 님, 만세!"

물론 그녀가 어떤 생각을 가지고 있건 반군의 사기는 충천한 상태였다.

맛있는 음식과 적당한 알콜은 축제의 흥을 더욱 돋워 주었고, 흥겨운 분위기는 때때로 뜻밖의 상황을 불러오곤 했다.

"이시스 님, 실례가 되지 않는다면 흥을 돋울 만한 한 가지 제안을 올려도 되겠습니까?"

기회만을 엿보고 있던 사내가 나섰다.

흰 수염을 길게 기른 노인이었다.

온몸을 가리는 푸른색 로브와 고깔모자, 그리고 박달나무 지팡이를 손에 쥔 그는 영락없는 마법사의 모습 그대로였다.

"오, 제넌 부대장, 그렇지 않아도 무료했던 참이다. 그대에게 좋은 생각이 있는 것이냐?"

대마도사 제넌. 그는 고도의 마법 문명을 이룩한 미스티 차원에서도 유일하게 9클래스의 경지에 이른 유일무이한 존재다.

그 방대한 지식만큼이나 속에 품은 꾀가 많은 이였다.

"그러합니다. 새로이 오장군의 직위에 오른 최준형 장군의 무위가 대단하다고 소문이 자자합니다. 혹 이번 자리를 통해 장군의 무위를 모두에게 견식시켜 주는 게 어떻겠습니까."

오장군의 지위에 오른 지 이제 고작 하루가 지났을 뿐이다.

게다가 장군의 지위를 얻은 것도 오시리스의 육신을 가져왔기 때문이었다.

그러니 무위가 대단하다는 소문이 돌았을 턱이 없었다.

모든 건 거짓말이다.

이 거짓말을 통해 제넌이 얻고자 한 건 대련이라는 기회였다.

'대련을 빙자해 녀석을 처치한다. 그렇게 되면 녀석의 보물은 내 것이다.'

여기 모인 모든 입문자들이 노리는 건 준형이 지닌 전설급 무장이었다.

다른 이들의 경우엔 혼자가 된 틈을 타 몰래 기습을 하려 했겠지만, 그건 경쟁의 양상이 너무 치열했다.

그래서 먼저 치고 나올 수 있는 꾀를 부린 것이다.

모두가 다 보는 앞이라도 상관없다. 어차피 녀석을 처치하고 이곳을 떠날 생각이었으니까.

시나리오를 포기하는 한이 있어도 놓칠 수 없는 보물. 전설급 세트 무장은 그만큼 매력적인 것이었다.

"그거 괜찮은 생각이로군!"

짝.

짧게 박수를 치며 기뻐하던 이시스의 시선이 준형에게 향했다.

"오 장군, 그대의 생각은 어떠한가."

의중을 묻는 듯했으나, 눈빛은 '감히 나의 흥을 깨뜨릴 생각은 아니겠지.'라는 뜻을 가득히 담고 있었다.

"재밌는 여흥거리가 될 것 같습니다."

"그대도 그리 생각한다니 잘됐군. 하면 제넌, 그대가 오 장군과 어울려 보겠나?"

"물론입……."

모든 게 계획대로였다.

곧장 수락을 표하려던 제넌의 말은 끝까지 이어지지 않았다.

"제가 도전해 보겠습니다."

"저는 어떻겠습니까."

"오 장군과 좋은 승부를 펼칠 수 있을 것 같습니다."

여기저기서 난입한 이들은 모두 입문자였다.

형형한 안광과 발산되는 강렬한 기세는 결코 제넌의 하수라 볼 수 없는 강자들.

'이것들이!'

자신의 계획에 초를 친 이들을 향해 눈을 부라렸다.

평소 같았으면 당장에 마법을 난사했겠지만, 자리도 자리인 데다가 상대 또한 만만치 않았기에 참을 수밖에 없었다.

판테라의 용병왕 제라크.

샤이아의 정령왕 엘네인.

심연의 구덩이의 사신 듀크.

이 세 명 이외에도 각 차원에서 내로라하는 강자들이 나선 것이다.

9클래스에 이른 대마도사라 해도 함부로 할 수 없는 상대들이 수두룩했다.

"이런, 이런. 오 장군은 한 명인데 이리 많은 이들이 대련을 청하다니. 이걸 어찌하면 좋겠느냐."

이시스의 시선이 다시 준형에게 향한 순간.

"굳이 선택할 필요는 없을 것 같습니다."

담담한 음성이 흘러나왔다.

"그게 무슨 뜻이냐?"

"말 그대로입니다. 선택할 필요 없이 대련을 원하는 이 전원을 상대해 보겠습니다."

일순간 장내는 정적에 휩싸였다.

지금 내뱉은 준형의 말이 선뜻 이해가 가지 않기 때문이다.

내용을 몰라서? 아니, 그리 어려운 말이 아니다.

단지 그들은 자신이 잘못 들은 게 아닌지, 혹은 저게 제정신으로 한 소린지 헷갈려 하고 있었다.

고오오-.

하지만 이내 준형이 깔보고 있다는 사실을 깨닫고는 기세를 피워 올렸다.

그들이 내뿜는 강렬한 기세로 인해 장내가 무겁게 가라앉았다.

"정녕 여기에 있는 모두를 상대하겠다는 게냐?"

이시스의 눈은 조금 전보다 더욱 흥미로운 이채로 가득차 있었다.

척 보기에도 범상치 않아 보이는 부대장 수십 명을 동시에 상대하겠다니, 이 얼마나 흥미로운 일인가.

"물론입니다. 잔챙이들인 것 같은데 굳이 하나를 선택할 이유가 없습니다."

"호오?"

"아, 그리고 한 가지 더. 단순한 대련으로 흥이 오를 것 같진 않으니 조건을 더 추가하는 게 어떻겠습니까?"

"조건? 무슨 조건을 말하는 것이냐?"

"만약 이들 중 누군가가 절 쓰러뜨린다면 그에게 오 장군의 직위를 임명하는 겁니다. 물론 이시스 님께 받은 이 무장 또한 양도하도록 하겠습니다."

그것은 이곳에 모인 입문자들의 가슴에 불을 지피는 말이었다.

애초에 그들이 나선 목적 자체가 전설급 무장을 가로채기 위함이었다.

그것을 위해서 지금까지의 공을 모두 포기할 생각도 있었으나 이렇게 되면 이야기가 달라진다.

두 마리의 토끼를 모두 잡을 수 있는 기회였다.

"꽤 좋은 생각인 듯합니다."

"흥미로운 대결이 될 것 같군요."

다른 장군들 또한 맞장구를 쳐 주었다.

사실 그들의 입장에선 갑자기 굴러 들어온 돌이 불만이었다.

물론 오시리스의 육신을 되찾아 온 공은 인정하는 바였지만, 그래도 장군이라니.

근본도 없는 자에게 너무 과분하다고 여기고 있었다.

그런데 마침 적당한 기회가 왔다.

뱉은 말도 있고, 이번 대련을 통해 망신을 망하게 된다면 어떠한 식으로든 불이익이 가게 될 것이다.

"모두가 그리 말하니, 알겠다. 대련을 원하는 자는 앞으로 나오너라."

충분히 자존심이 상할 만했지만, 눈앞의 탐욕에 눈이 먼 이들이 나섰다.

제넌은 물론 제라크, 엘네인, 듀크를 포함한 10명의 강자들이었다.

대련 상대가 결정되자, 주위에 몰려 있던 이들이 거리를 벌려 무대를 만들어 주었다.

"어디 한번 흥겨운 무대를 만들어 보아라!"

이시스가 대련의 시작을 알렸다.

그와 동시에 10명의 부대장들이 동시에 뛰어 나갔다.

어떻게든 선공을 가해 눈앞의 먹이를 빼앗기지 않으려는
것이다.

맹렬한 속도로 짓쳐 들던 그들은 제각기 지닌 능력을 발휘
했다.

하나하나가 산을 허물 정도의 강맹한 위력.

손속에 사정을 두지 않은 공격에, 보이는 것이라곤 준형의
죽음뿐이었다.

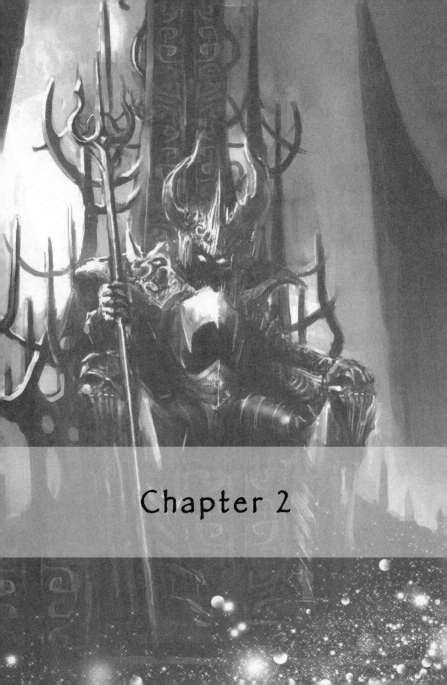

Chapter 2

　장군의 직위와 전설급 무장을 얻을 수 있는 기회.

　어떻게든 그 주인공이 되기 위한 10명의 경쟁은 가진 바 최강의 기술로 이어졌다.

　유형화된 색색의 기운이 준형을 향해 쇄도했다.

　능히 산을 허물고, 대지를 가를 만한 위력.

　웬만한 입문자는 그 기세만으로도 죽음을 면치 못했을 정도로 대단한 것이었다.

　하지만 준형은 보통이라는 범주에 들어가지 않는 존재다.

　위기의 상황 속에서 피어나는 건 한 줄기 옅은 미소였다.

　손을 뻗자 깃털 형상의 대검이 나타났다.

　이시스 여신의 축복이 담긴 대검, 비상飛翔.

전설급 무기를 든 그의 기세가 잘 벼린 하나의 검과 같이 날카롭게 변했다.

스윽.

아래로 향해 있던 대검을 위로 올렸을 뿐이다.

하지만 이 간단한 동작이 일으킨 변화는 실로 놀라운 것이었다.

"이게 뭐야?"

"무슨 일이 일어난 거지?"

장내의 모두가 경악을 금치 못했다.

일수에 10명의 절대자가 일으킨 권능이 소멸했다.

뭔가 대단한 공격을 한 것도, 그렇다고 무구의 권능을 사용한 것도 아닌 그저 아래에서 위로 긋는 간단한 동작에 의해서 말이다.

"허어!"

"이 무슨 말도 안 되는!"

무엇보다 가장 놀란 이들은 공격을 감행한 당사자들이었다.

손속에 사정을 두지 않은, 그야말로 필살의 일격이었다.

그런데 이리도 허무하게 소멸시키다니.

눈으로 보고서도 믿을 수 없었다.

지금이 대련이라는 것도 잊은 채 멍하니 준형을 응시만 하고 있을 때였다.

준형의 신형이 팟 하고 꺼졌다.

"헙!"

놀란 제넌이 숨을 삼켰다.

공간을 접어 들어간 준형이 어느새 코앞에 당도해 있었던 탓이었다.

파파팟!

전후좌우, 사방에서 주먹의 비가 쏟아졌다.

"블링크Blink."

시야 내 원하는 거리로 공간 이동 할 수 있는 6서클 마법.

시야가 흐려지는 순간 제넌의 신형이 공간을 뛰어넘었다.

위기 상황을 모면했으나 안심하기엔 이르다.

제넌의 고개가 좌우로 돌아가며 준형을 찾았다.

"뒤!"

경쟁자 제라크의 경고. 그것을 마지막으로 제넌의 기억이 끊겼다.

퍽!

어느새 뒤로 돌아간 준형의 주먹이 관자놀이를 가격했다.

지니고 있는 방대한 마력에 비해 체력적으로는 나약하기 그지없는 마법사인 제넌은 견딜 수 없는 충격에 그대로 지면에 몸을 뉘였다.

눈 깜짝할 사이 1명이 쓰러졌다.

하지만 그로 인해 순간의 틈을 벌 수 있었다.

짧은 순간 남은 9명이 시선을 교환했다.

비록 당황하긴 했으나 그 찰나의 틈을 놓칠 이들이 아니었다.

빠르게 서로 다른 방위로 흩어졌다.

하지만 그 목적지는 하나.

바로 준형을 향해 쇄도했다.

드드드드.

요동치던 지면이 검게 물들어 그곳에서부터 수백 개의 손이 튀어 나왔다.

상대를 구속하는 고위급 흑마법.

준형에 대한 깔보는 마음을 버린 9명의 연계가 시작된 것이다.

쐐액.

정면으로 녹색 기로 뭉쳐진 수백 발의 화살이 날아온다.

머리 위로는 바늘구멍 하나 통과할 수 없이 촘촘한 불의 비가 떨어지고, 좌우에선 대지, 화염, 물, 바람의 속성을 지닌 거대한 정령들이 자신이 지닌 기운을 뿜어 댄다.

그뿐만이 아니었다. 시간의 차이를 둔 다섯 명이 각자의 무기를 쥔 채 쇄도했다.

어디하나 흠잡을 데 없는 완벽한 연계.

실상 그들은 단 한 번도 호흡을 맞춰 본 적 없었지만, 괜히 절대자의 반열에 오른 것이 아님을 증명하듯 손쉽게 연계를 이뤄 내고 있었다.

'끝났다.'

조금 전과는 상황이 달랐다.

비록 필살의 의지를 담긴 했으나 어떻게든 먼저 끝장을 내기 위한 막무가내식 공격이었다.

하지만 지금은 어떤가.

감히 경시하는 마음 없이 절대자 9명 모두가 공을 들였다.

이 정도 연계라면 상대가 설령 신이라 해도 벗어날 수 없을 것이다.

모두가 준형의 죽음을 믿어 의심치 않고 있을 무렵이었다.

쿠웅!

죽음의 손에 묶인 발을 떼어 내며 발을 한 번 굴렀다.

어마어마한 잠력이 실린 발 구르기는 지면을 가득 메우고 있던 마력을 일거에 쓸어 냈다.

어둠에 물들어 있던 지면이 다시 본래의 모습으로 돌아왔다.

"합!"

장내를 쩌렁하게 울리는 힘찬 기합은 단순히 소리를 지르는 것이 아니었다.

그 기합에 묻어 난 마력의 파동이 자신을 향한 적의 기운을 소멸시켰다.

수백 발의 기의 화살, 불의 비, 그리고 소환자의 마력으로 유형화되었던 사대 정령의 형체가 사라졌다.

지면을 박찬 그의 신형이 선두의 제라크에게 향했다.

"놈, 기다리고 있었다!"

이토록 간단히 벗어날 줄은 몰랐지만, 대비는 되어 있었다.

간결한 동작과 함께 준형의 미간 쪽에 황금빛 점이 박혔다.

그것은 제라크를 지금의 자리로 이끌어 준 창술의 궁극기, 일점사一點死였다.

좁쌀보다 작은 점 안엔 무궁무진한 변화와 그가 지닌 모든 힘이 실려 있었다.

"느려."

지금껏 그 누구도 죽음을 피해 가지 못했던 비기를 바라보는 준형의 시선은 담담했다.

그러곤 뒤늦게야 손을 뻗었다.

분명 그 움직임은 느릿하기 그지없었다. 하지만 일직선으로 뻗어 오던 창보다 더 빨리 제라크의 복부에 틀어박혔다.

"커헉!"

복부로 전해져 오는 아찔한 충격에 신음을 내뱉었다.

단련된 육신이 아니었다면 진즉 의식을 잃었을 터.

한 번의 위기는 넘겼다. 하지만 다음 순간 그의 눈동자는 절망으로 물들었다.

푸칵.

복부에 이은 어퍼컷이 정확히 턱을 강타했다.

뇌가 뒤흔들리는 데 버틸 수 있는 존재는 없을 것이다.

제라크의 의식 또한 무의식 아래로 가라앉았다.

손쉽게 제라크를 처리한 준형이 빠르게 주변을 훑었다.

각기 다른 방향을 향해 4명의 절대자들이 쇄도해 오고 있었다.

'귀찮아.'

그에게 있어서 이번 대련은 압도적인 실력 행사이자 실력 점검의 의미, 그 이상은 없었다.

꼿꼿이 버티고 선 지면을 박차며 튀어 나갔다.

지나가는 자리마다 잔상이 생겼다. 아니, 그건 단순한 잔상이 아니라 어마어마한 속도가 만들어 낸 일종의 분신이었다.

퍼퍼퍽.

8개의 분신은 8명의 적을 무자비하게 구타했다.

동시에 쓰러지는 8명의 절대자.

당연히 승리자의 입장에 있어야 할 10명의 절대자 모두가 지면으로 허물어졌다.

장내는 정적에 휩싸였다.

대련의 과정을 모두 지켜본 그들은 할 말을 잃고 말았다.

일개 부대장과 장군의 대련이었다면 당연한 결과라 할 수 있을 것이다.

하지만 조금 전 선보인 무력은 평범한 부대장급이 아니었다.

능히 사대 장군과도 맞설 만한 뛰어난 실력.

그런데 준형은 장군급의 실력자 10명을 상대로 숨 하나 흐트러뜨리지 않은 채 승리했다.

짝짝짝!

별안간 울려 퍼지는 박수 소리가 정적을 깨뜨렸다.

준형의 시선이 한곳에 머물렀다. 그곳엔 황금 의자에서 몸을 일으킨 호루스가 있었다.

"훌륭해."

무언가 더 말을 이어 갈 것처럼 보였으나 그것으로 끝이었다.

훌륭하다. 그 한마디를 남긴 호루스는 다시금 착석했고, 아무 일도 없다는 것처럼 어리숙한 얼굴로 돌아갔다.

"잘 보았다. 오장군의 실력이 정말 대단하구나."

뒤늦게 정신을 차린 이시스가 준형에게 찬사를 보냈다.

"실로 뛰어난 실력입니다."

"과연 인재를 보는 안목이 탁월하십니다."

"간악한 세트를 쓰러뜨릴 날이 멀지 않은 것 같습니다."

줄줄이 찬사를 이었다.

물론 준형을 향한 것이 아닌 그를 오장군으로 추대한 이시스를 추켜세우는 것.

반군의 권력이 누구에게 집중되어 있는지 확연히 알 수 있는 부분이었다.

'뭐, 이 정도면 충분하겠지.'

주위의 찬사에도 준형은 무심하기만 했다.

비록 겉모습은 다르나 특유의 그 무심함은 누군가를 떠올리게 하기에 충분한 것이었다.

'내가 이놈들 뒤치다꺼리를 할 줄이야.'

사실 그는 준형으로 변신한 정훈이었다.

전설급 물약, 도플갱어를 복용하여 하루 동안 그의 모습으로 변신한 것이다.

굳이 모습을 바꾼 건 준형이 성장할 시간을 벌고, 모두의 기억에 남을 인상적인 모습을 보여 주기 위함이었다.

대리자는 모든 입문자를 통솔하는 이를 뜻한다.

하지만 지금의 준형으로는 조금 전 상대한 10명의 절대자 중 하나도 감당할 수 없었다.

그렇기에 약간의 연극이 필요했다.

준형과 그의 부하들을 태양신 라의 공간으로 보냈다.

5막에 숨겨진 던전 중 하나로 꽤 귀찮은 과정을 거쳐야 하지만, 그간 재료를 모아 둔 정훈 덕분에 손쉽게 이동할 수 있었다.

미친 난이도를 자랑하지만, 그곳을 통과할 수 있다면 상당한 성장을 이룰 수 있을 것이다.

그리고 정훈은 그들이 성장하는 동안 그 발판을 마련하는 중이었다.

'이 정도 떠먹여 줬는데도 제 구실을 못하면 뭐…….'

자신의 시간을 버려 가며 편의를 제공해 주었다.

그럼에도 기대에 못 미치는 행보를 보인다면 곱게 넘어가는 일은 없을 터였다.

물론 그건 준형이 실패했을 때의 일.

지금은 믿고 지켜보는 수밖에 없었다.

그는 장내를 둘러보았다.

주민과 입문자, 어느 누구 할 것 없이 경외하는 시선을 보내고 있었다.

이시스라고 다르지 않다.

그녀의 눈에서는 욕망의 빛이 번뜩였다.

유일하게 처음과 같은 모습을 유지하고 있는 건 호루스였다.

호루스를 바라보는 정훈의 눈에 이채가 번뜩였다.

수렴청정垂簾聽政의 희생양처럼 보이나 사실 호루스는 누구의 밑에 있을 만한 인물이 아니었다.

지금이야 어머니의 뜻대로 넘기고 있지만, 후에 그의 진면목이 나타난다.

'그 과정이 만만치 않다는 게 문제지만.'

진면목을 드러내기 위해선 수많은 과정이 필요하다.

물론 쉽지 않은 일이어도 반드시 해낼 것이다.

그것이 이번 5막에서의 최종 목표였기 때문이다.

"끌끌. 피가 끓어오르는 게 얼마만의 일인가!"

문득 들려오는 음성에 정훈의 상념이 깨어졌다.

웬만하면 무시했겠지만, 범상치 않다.

분명 한 사람의 목소리건만 사방에서 외친 것처럼 근원지를 찾을 수 없었던 것.

스팟!

정훈의 정면, 불과 10미터도 되지 않는 거리에 한 사람이 나타났다.

붉은 머리칼에 핏빛 용포를 두른 이였다.

'강자!'

현재 정훈의 시선에서 강자라 불릴 만한 존재는 손가락에 꼽을 정도였으나, 우연찮게도 눈앞에 나타난 이가 바로 그 인물이었다.

"본 좌와 한 번 겨뤄 보자꾸나."

그리 말한 사내의 주위로 핏빛 소용돌이가 몰아쳤다.

"어허, 여기가 어디라고!"

"대련을 끝다. 물러서라."

사대장군 중 두 사람, 우右장군과 좌左장군이 나섰다.

대련을 만류하려는 목적보다는 정훈이 활약하는 꼴은 더 이상 볼 수 없어 나선 것이었다.

하지만 그 상대가 좋지 않았다.

드득.

눈 깜짝할 사이 벌어진 일이었다.

머리를 잃은 두 장군의 육신이 허물어졌다.

이 잔혹한 일을 벌인 주인공은 용포 사내였다.

어느새 이동한 그의 양손에 장군들의 뜯겨진 머리가 쥐어져 있었다.

"본 좌의 앞을 막은 대가는 죽음뿐이니라."

사이한 미소를 지은 그가 숨을 들이마시는 시늉을 했다.

그러자 손에 들려 있던 머리가 급격히 압축되며 미라처럼 말라비틀어졌다.

투툭.

말린 씨앗처럼 압축된 머릴 정훈의 발치에 집어 던졌다.

"네 녀석의 맛은 어떨지 궁금하구나."

혀로 입술을 할짝거리는 그 모습이 결코, 정상적으로 보이진 않았다.

"뭐 하느냐? 녀석을 당장 내 앞에 데려오너라!"

분노한 이시스의 명이 떨어지자마자 포위망이 구축되었다.

비록 좌, 우 장군이 당하긴 했으나 아직도 이곳에 수많은 간부들로 가득했다.

천天과 지地 장군을 비롯해 흉흉한 안광을 빛낸 간부들이 각자의 무기를 꼬나 쥔 채 용포 사내에게 접근하기 시작했다.

"끌, 주제도 모르는 것들이."

주위를 빈틈없이 포위한 모양새에도 코웃음 쳤다.

"본 좌가 바로 사황이니라!"

이스턴을 사등분한 서황의 수장이자 절대 고수의 반열에 오른 구양소.

그가 내뿜은 핏빛 소용돌이가 영역을 확장하며 장내를 한 차례 훑고 지나갔다.

"크윽!"

유형화된 기세에 깃든 미증유의 힘, 감당할 수 없는 그 힘 앞에서 모두가 신음을 흘렸다.

눈앞의 존재가 범상치 않음을, 감당할 수 없는 무력의 소유자라는 것을 피부로 느꼈기 때문이다.

'저 미친 새끼!'

지금 이 순간 정훈 또한 당황을 금치 못했다.

그의 시선이 구양소와 사람들을 지나 호루스에게 향했다. 황금 의자에서 반쯤 몸을 일으키고 있는 모습을 확인할 수 있었다.

결정적인 순간까지 그에게 자극을 주는 일은 없어야만 한다.

상황의 다급함을 눈치챈 정훈이 지면을 박차며 힘껏 튕겨져 나갔다.

의지가 닿은 순간 이미 구양소에게 접근한 그가 주먹을 떨쳐 냈다.

퍽!

어김없이 둔탁한 타격음이 울렸지만 그건 원했던 명치가

아니라 구양소의 단단한 팔목이었다.

"제법 괜찮은 주먹이로구나."

섬뜩한 미소를 보인 구양소의 주먹이 현란하게 움직였다.

사방팔방으로 다가오는 수천 개의 주먹. 마치 그건 주먹으로 이루어진 감옥과 같았다.

'역시 보통 놈은 아니야.'

순발력이 탈에 이른 정훈의 동체 시력도 그 무궁무진한 변화를 모두 파악할 수 없을 정도였다.

하지만 피하지 않는다.

그에겐 지혜의 가면에 깃든 혜안이라는 막강한 권능이 있었다.

피잉!

검게 물든 눈동자에 황금빛 오망성이 그려지면서 눈앞에 선명한 궤적이 드러났다.

경로를 예측할 수 있다면 변화 따위는 무의미해진다.

강력한 기운을 머금은 정훈의 주먹이 구양소의 주먹과 충돌했다.

상대의 공격을 완벽히 상쇄. 하지만 그럴 때마다 정훈은 기이한 느낌에 휩싸였다.

맞닿은 주먹을 통해 기가 빨려 나가는 듯한 느낌. 아니, 그건 단순한 느낌으로 치부할 게 아니었다.

불현듯 조금전 광경을 떠올렸다.

죽음을 맞이한 두 장군, 그리고 말린 씨앗처럼 압축되는 그들의 머리.

'설마?'

의혹이 생긴 순간 망설이지 않았다.

순간이동의 반지가 또 한 번 권능을 발휘했다.

정훈의 육신은 구양소에게서 떨어져 저 멀리 빈 곳으로 이동했다.

"어딜 도망치느냐. 좀 더 붙어 보자꾸나!"

분명 1킬로미터 이상 떨어진 거리였다.

하지만 구양소는 고작 한 걸음 만에 범위를 좁히며 정훈을 자신의 사정거리에 두었다.

"도망은 개뿔!"

순간이동을 사용한 건 잠깐의 시간을 벌기 위한 것.

비상을 든 그의 검이 가로와 세로, 십자가의 형태를 그렸다.

카각.

손아귀를 통해 느껴지는 저항감. 구양소는 어느새 꺼내 든 지도 모를 혈편血鞭으로 비상을 속박하고 있었다.

"크윽!"

절로 신음이 새어 나왔다.

마치 몸 안의 수분이 빨려 나가는 듯한 그 느낌은 조금 전 주먹을 맞댔을 때와 마찬가지의 현상이었다.

이 빌어먹을 흡기吸氣는 육신을 통해서만이 아니라 무기를 통해서도 가능한 듯했다.

곧장 쥐고 있던 비상을 놓아 버렸다.

"끌끌, 예상했던 대로 별미로다."

맛있는 음식을 먹은 것처럼 혀로 입술을 할짝 댔다.

사황흡기공을 대성한 그는 육신을 맞닿아야 하는 초기 제한에서 벗어나 사물 너머로도 흡기를 하는 게 가능했다.

비록 순간에 불과했으나 정훈에게서 빼앗은 기의 양은 상당한 수준이었다.

찰나의 순간 정훈의 뇌리로 많은 상념이 스치고 지나갔다.

상상을 초월하는 흡기공으로 무장한 상대다.

도무지 그것을 파훼할 방법이 떠오르지 않았다.

완전히 압도한다면 방법이야 있을지 모른다.

하지만 상대는 흡기공도 그렇지만, 실력 또한 만만치 않았다.

웬만하면 부딪치지 않고 몸을 피하고 싶었다.

'하지만 그러려면 5막을 접어야 한다.'

현재 반군에서 구양소를 감당할 만한 이는 없다.

설령 반군 전원이 덤빈다 해도 좋은 영양분이 될 뿐 결과는 다르지 않을 터.

유일하게 상대가 가능한 정훈이 떠난다면 그 즉시 학살이 일어날 테고, 이는 호루스의 각성을 부를 것이다.

호루스의 각성은 너무 빨라도, 그렇다고 너무 늦어서도 안

된다.

완전한 상태의 호루스가 아닌 이상 아무런 의미도 없기 때문이다.

'여기서 녀석을 막는 수밖에.'

아예 감당할 수 없는 적이라면 모를까 아직은 포기하기에 이르다.

완벽한 변장을 위해 착용하고 있었던 이시스의 무장을 교체했다.

현재 그가 지닌 최상의 무구가 몸을 감쌌다.

태고급 지혜의 가면과 솔로몬의 반지, 그리고 거대한 눈동자가 박힌 낫 스퀴테.

그리고 나머지는 번개 능력을 극대화하기 위한 제우스와 토르의 무장을 섞었다.

파지직.

무장을 착용하는 것만으로 거센 번개의 기운이 몰아쳤다.

"호오? 범상치 않은 기운이 느껴지는구나. 그 신기 또한 본 좌가 잘 사용해 주마."

한눈에 범상치 않은 무구임을 확인한 구양소의 눈이 탐욕으로 번뜩였다.

내뱉은 말처럼 그는 이미 승리를 장담하고 있었다.

상대의 도발에 반응하는 일은 없었다.

"열려라, 타르타로스."

스퀴테의 눈동자가 검게 물들자 정훈의 주변 또한 어둠만
이 지배하는 공간으로 바뀌었다.

신들마저 가둘 수 있는 절대의 공간, 타르타로스가 열린
것이다.

이곳에서 구양소의 모든 능력치는 50퍼센트 하락하며, 그
중 20퍼센트는 정훈에게 전이가 된다.

"사술이로다!"

줄곧 여유 만만했던 구양소의 얼굴이 급격하게 구겨졌다.

기분 좋게 몸 안을 활개 치던 기운이 빠져나갔다.

그것도 허전함이 그대로 전해질 만큼 대량이었다.

아무런 신체 접촉이나 별다른 준비 없이 이른 강대한 능력
을 사용할 수 있다니.

120년을 살아 온 구양소가 놀라는 것도 무리는 아니었다.

하지만 놀라운 변화는 그것으로 끝이 아니다.

"나의 신하 72마신은 계약을 이행하라!"

마신의 주인 세트 효과를 발동시켰다.

─44권좌의 마신 샥스가 왕의 요청에 응함.

─샥스의 권능 '상실─시각' 부여.

44권좌의 마신 샥스는 시각과 청각을 빼앗는 권능을 지닌
마신. 그중 정훈이 부여받은 건 시각 상실이었다.

오른손을 앞으로 뻗자 그에게서 나온 어둠의 기운이 구양소를 향해 쇄도했다.

결코 맞선다거나 피하는 일이 없었다. 그것은 오직 정훈의 눈에만 보이는 무형의 기운이었기 때문이다.

"으아아, 이놈!"

구양소는 돌연 자신의 두 눈을 부여잡은 채 절규했다.

난데없이 시력을 잃어버렸으니 어찌 분노하지 않겠는가.

격렬한 분노에 몸을 맡긴 그가 한 줄기 선이 되어 튀어 나갔다.

그 방향은 정확히 정훈이 서 있는 곳이었다.

비록 시력을 잃었으나 기의 흐름을 통해 사물을 분간하는 심안心眼에 눈을 뜬 그다.

육신의 어둠 따위는 결코, 그에게 장애가 아니었다.

달려오는 구양소를 바라보던 정훈은 손에 쥔 검은 낫을 휘둘렀다.

스윽.

"헙!"

신음성을 삼킨 구양소가 다급히 옆으로 몸을 틀었다.

전혀 생각지도 못한 방향에서 날아온 낫이 그의 옆구리 옷자락을 베어 냈다.

조금만 늦었어도 베어지는 건 옷자락이 아닌 그의 몸뚱이였을 것이다.

"감히 본 좌를 기만할 셈이냐!"

자존심 하나로 똘똘 뭉쳐 있었던 구양소는 분노하고 또 분노했다. 물론 이성을 잃는 하찮은 실수는 없었다.

지금껏 발휘하지 않았던 사황흡기공의 전력을 개방했다.

120년 인생의 단련을 통해 모은 기와 대적했던 상대들에게서 약탈한 기운이 합쳐지며 그의 몸 주변에 소용돌이쳤다.

마치 그건 붉은 보호막이 보호하고 있는 듯한 모양새였다.

심상치 않은 기운에도 정훈은 전혀 아랑곳하지 않았다.

그저 공간을 연결시킨 스퀴테를 휘두를 뿐이었다.

기습적으로 발아래서 나온 낫이 구양소의 낭심을 향해 쇄도했다.

퍽!

세상의 그 무엇도 벨 수 있는 태고급의 낫이다.

그런데 들려온 것은 무언가를 가르는 소리가 아닌 육중한 소리였다.

눈앞에 펼쳐진 건 놀라운 광경이었다.

구양소의 몸 주변을 둘러싼 붉은 보호막에 막힌 스퀴테는 더는 전진을 하지 못하고 있었다.

놀라운 건 그뿐만이 아니었다.

보호막에 닿은 스퀴테는 마치 자석에 달라붙은 것처럼 떨어질 생각을 하지 않았다.

"크으."

정훈의 입에서 짓눌린 신음이 비집고 나왔다.

손에 쥔 스퀴테를 통해 막대한 기가 빨려 나가고 있었다.

붉은 보호막은 단순한 보호의 기능만 하는 게 아니었다.

사황흡기공의 정수로 펼쳐진 이 기공은 그것에 닿는 모든 기운을 흡수하는 특징이 있었다.

그것도 막대한 속도로 기운을 흡수한다.

"으아압!"

고작 전설급에 불과한 비상은 얼마든지 버릴 수 있다.

하지만 스퀴테는 다르다.

함부로 적의 손에 넘길 만한 무기가 아니었다.

스퀴테를 속박한 흡입력에서 벗어나기 위해 전력을 다해 반대 방향으로 잡아 당겼다.

다행히 스퀴테를 뽑아 낼 순 있었으나 희생이 너무 컸다.

"허억, 허억!"

급격히 숨이 차올랐다.

몸 안의 기운이 상당 부분 빠져나갔기 때문이다.

아무래도 스퀴테를 빼내려고 힘을 쓴 덕분에 흡기가 더욱 가속화된 영향일 터.

기껏 빼앗은 구양소의 20퍼센트의 능력치를 모두 빼앗겼다.

"내 앞에선 그 어떤 것도 무용지물이니라."

되찾은 기운에 껄껄 웃어 보인 구양소가 매서운 속도로 쇄도했다.

여전히 붉은 보호막에 휩싸인 그를 막을 수 있는 건 그 무엇도 없는 듯했다.

'씨발, 사기캐 새끼들.'

겉으론 담담한 척 했으나 속으론 짜증이 솟구쳐 올랐다.

아니, 이 무슨 괴랄한 무공이란 말인가.

어떤 공격도 소용없으며 심지어 기운을 흡수까지 한다.

도대체 그 파훼법이 보이질 않았다.

'가만!'

그냥 이대로 5막을 포기해 버릴까 심각히 고민하던 그의 눈에 이채가 스치고 지나갔다.

조금 전과 비교해 비대해진 사황의 체격을 확인했기 때문이다.

분명 눈에 띌 정도로 비대해진 상태였고, 자신에게 접근하는 짧은 시간 동안 점차 본래의 체격으로 돌아가고 있었다.

문득 예전의 기억을 떠올린다.

한주먹 캐릭터를 육성하는 도중 만난 이스턴의 고수.

그 또한 사황과 같은 흡기공 계열을 익힌 자였다.

물론 사황과 비교하면 반딧불과 달빛에 비견될 정도의 차이가 있으나 어쨌든 기운을 흡수한다는 맥락은 똑같았다.

본래 마른 편이었던 그가 기운을 흡수할 때면 급격히 체중이 불어나곤 했다.

자신이 지니고 있지 않은, 상이한 기운을 급격하게 받아들인 탓에 이를 자신의 것으로 돌릴 시간이 필요했던 것이다.

한때 정훈을 비롯해 수많은 NPC들을 공포에 떨게 했던 흡기공의 고수.

그의 비참한 최후를 떠올린 정훈의 눈동자는 결의로 번뜩였다.

차라락.

손목에 찬 드라우프니르가 맞물리며 묘한 쇳소릴 냈다.

어느새 바꿔 든 묠니르를 뒤로 한껏 젖힌 후 그 반동을 이용해 정면으로 내던졌다.

전심전력을 다한 회심의 일격은 정확히 사황의 붉은 보호막을 강타했다.

"으하하하, 이제 포기한 것이더냐?"

묠니르는 보호막을 뚫지 못했다.

오히려 사황흡기공의 권능에 의해 담겨 있던 모든 기운을 흡수당하는 중이었다.

부왁!

순간적으로 사황의 체격이 둥근 공과 같이 불어났다.

'역시!'

예상은 적중했다. 그럼 망설일 게 무엇이겠는가.

"배 터지게 처먹어라, 돼지 새끼야!"

이후, 틈을 주지 않는 무차별적인 공격이 이어졌다.

콰콰콰쾅.

스퀴테는 시작이었다.

정훈이 지니고 있는 최고 무기의 격이 연이어 발동했다.

그것도 탈에 달하는 마력을 잔뜩 머금은 채였다.

유형화된 색색의 기운이 정훈에게서 벗어나 사황에게 쇄도했다.

대기를 찢어발기는 그 위력은 하나하나가 자연재해를 방불케 할 정도였다.

정교함, 예측 불가능한 변화, 그 어떤 것도 필요 없었다.

그저 파괴력에 초점을 맞춘 강력한 권능이 사황의 보호막을 계속해서 두드렸다.

"이, 이놈이……!"

급격히 비대해져 가는 몸뚱이를 느낀 사황은 당황할 수밖에 없었다.

사실 극에 이른 사황흡기공에는 결정적인 단점이 있었다.

한 번 기공을 펼친 이상 임의적으로 거두는 게 불가능하다는 것.

처음에야 밀려들어오는 기운에 환호했지만, 그것도 한계점에 도달하고 있었다.

이대로 더 기운을 받아들였다간 육신이 버티지 못할 게 뻔했다.

"으아아!"

거대한 공이 튀어 올랐다.

사력을 다해 튕겨져 나간 그의 손에서 핏빛 기류가 소용돌이쳤다.

고오오오.

주변의 대기가 그의 양손으로 모였다.

심상치 않은 이상 현상이었다.

그는 이번 일격에 모든 것을 걸고 있었다.

"미안하지만 그건 나도 못 받겠는데."

인정할 건 인정한다.

지금까지 흡수한 모든 기운을 담은 그것은 정훈도 감히 받아 낼 수 있다고 장담할 수 없는 거력이었다.

아니, 받아 내고자 한다면 반드시 죽어 나갈 것이 분명했다.

그럼에도 코앞까지 다가온 사황을 보며 옅은 미소를 보였다.

그것은 승리를 확신하는 순간 짓는 승리의 미소였다.

미소와 함께 약간의 변화가 있었다.

머리를 장식하고 있던 지혜의 가면이 사라지고 이를 대신해 하데스의 투쿠, 퀴네에가 자리했다.

"내 존재의 흔적마저 사라지니."

시동어를 외친 그의 존재가 사라지는 순간, 사황의 전력이 담긴 쌍장이 지면을 강타했다.

콰앙.

마치 운석이 낙하한 것처럼 거대한 구덩이가 생겨났다.

정녕 인간이 만든 것이라곤 생각할 수 없을 정도의 괴력이었지만, 그곳에는 목표로 했던 정훈의 모습을 찾아볼 수 없었다.

'쉴 틈을 줄 순 없지.'

단절된 차원 속의 그는 다시 한 번 스퀴테를 꺼내 들었다.

수많은 무구의 격을 사용하는 동안 격을 한 가지 남겨 뒀었다.

좀 더 결정적인 순간을 포착하기 위한 마지막 안배.

조금 전 사황이 그러했듯 이번 일격에 모든 것을 쏟아 낼 것처럼 마력을 흘려보냈다.

정훈의 방대한 마력을 받은 스퀴테의 눈이 감겼다.

지금껏 단 한 번도 볼 수 없었던 현상과 함께 검은색, 그리고 흰색 빛이 섞인 채로 뿜어져 나왔다.

처음에는 선명히 색을 구분할 수 있었으나 얼마 지나지 않아 두 빛이 하나로 합쳐져 진한 회색을 띠었다.

그리고 그 순간 감겨져 있던 스퀴테의 눈이 뜨였다.

뿜어져 나온 빛과 마찬가지로 회색으로 물든 눈동자는 미지의 힘을 품고 있었다.

"시간의 낫이여, 천지를 베어라."

머리위에서부터 떨어져 내린 스퀴테는 단절된 차원을 가르며 정확히 사황의 정수리를 노렸다.

물론 절정에 이른 사황흡기공을 뚫지는 못했다.

하지만 그것으로도 충분했다.

"우욱!"

그렇지 않아도 한계점에 도달한 상태였다.

그런데 여기에 스퀴테의 최후 격인 천지 베기가 더해지자 피륙으로 이루어진 육신이 버틸 턱이 없었다.

퍼엉!

뼈와 살점이 조각조각 나뉜 채 흩날렸다.

천하에 적수가 없다고 자부하던 사황이었지만 그 끝은 다른 이들과 별반 다르지 않았다.

아니, 오히려 더 처참했다.

시체조차 온전히 남기지 못한 채 폭사한 그의 흔적 밑으로 전리품이 한가득 떨어졌다.

처음부터 뛰어난 활약을 보였던 사황은 지니고 있는 전리품의 량도 상당했다.

물론 대다수가 정훈에겐 쓸모없었지만, 하나만큼은 예외였다.

보관함의 한쪽을 차지하고 있는 붉은 천 옷.

그것은 불멸급 무구인 혈옥화血玉華였다.

고작해야 불멸급. 태고급을 지닌 정훈이 놀랄 만한 게 아니었다.

'이 세계의 것이 아냐.'

그러나 무구에 관한한 거의 모든 정보를 파악하고 있는 정훈에게조차 낯선 것이었다.

　그럴 수밖에 없는 게 이곳 세계의 물건이 아니었기 때문이다.

　사황의 차원이기도 한 이스턴의 십대기보.

　그중 서열 10위에 매겨진 보물이었다.

　'어떻게 불멸급이 이런 성능을 지니고 있지?'

　보관함에 들어온 즉시 혈옥화의 정보를 파악할 수 있었는데 그 성능이 같은 불멸급과는 비교할 수 없을 정도였다.

　가장 특이하다고 할 만한 건 갑옷 안에 입을 수 있는 속옷이라는 것.

　지금껏 많은 종류의 아이템을 봐 왔지만, 특별한 능력을 지닌 속옷은 처음이었다.

　게다가 성능이 일반 갑옷에 뒤지지 않았다.

　기본 방어력과 내구성은 물론 모든 물리 공격에 대해서 강력한 저항력을 제공한다.

　그뿐인가. 심법을 익히고 있을 경우 그 효과를 30퍼센트 증진시켜 주며 외부에서 전해진 충격을 흡수하여 그 힘의 일부를 착용자의 마력으로 전환한다.

　어떻게 보면 사황흡기공의 능력 일부를 아이템화한 것이라 봐도 무방했다.

　'아니, 본래 혈옥화가 지니고 있었던 능력을 무공으로 만든 거겠지.'

수천 년간 강호의 역사 속에 기록되어 있었던 십대기보.

당연히 사황의 무공이 먼저가 아니라 혈옥화의 능력을 무공으로 만들었다고 보는 게 맞을 것이다.

'그나저나 이런 보물이 9개나 더 있다면…….'

혈옥화 하나만으로도 전력을 한층 상승시킬 수 있다.

그런데 만약 나머지 9개의 기보를 모두 모을 수 있다면 어떻게 될까.

상상하는 것만으로도 입가에 미소가 그려지고, 두 눈은 탐욕으로 번뜩였다.

'당분간 할 일도 없었는데 잘됐군.'

마침 준형의 무대를 만들기 위해 몸을 빼려고 했던 상황이었다.

적당히 몸을 사리려 했으나, 생각을 바꿔야만 했다.

이로써 해야 할 일은 정해졌다.

십대기보를 탈취하기 위한 이스턴 무사들의 사냥.

물론 그 이면에는 준형이 통제할 수 없는 힘을 잠재우려는 의도도 포함되어 있었다.

왕위를 쟁탈하기 위한 반군과 정규군의 전쟁.

사실 전쟁이라곤 하지만 간간히 벌어지는 국지전을 제외

하면 큰 충돌 없이 소모전만을 펼치는 양상이었다.

그도 그럴 게 전력상 압도적으로 밀리는 반군의 경우 몸을 사렸고, 명분이 없는 반군은 시간이 지나면 알아서 자멸하리라는 정규군의 생각이 있었기 때문이다.

하지만 오시리스의 육신이 반군의 손에 넘어가면서부터 상황은 급변했다.

명목상으로는 오시리스의 죽음으로 인한 차기 왕위를 이은 세트였기에, 그의 부활은 어떻게든 막아야만 했다.

위기를 느낀 세트는 군을 일으켰다.

그것도 일반적인 병사가 아닌 휘하의 강병, 그 대장으로는 아들인 아누비스를 위임했다.

그간 일어났던 모든 전쟁에서 혁혁한 공을 세우며 힘과 지혜를 겸비한 용장으로 소문난 아누비스의 출정은 반군에 위협적인 상황이었다.

어떠한 꾀를 내지 않는 이상 정면대결로는 승산이 없다.

모두가 그리 판단했지만, 반군의 대응은 정면대결이었다.

특별히 전력을 보강하지도 않은 반군이었지만, 그들은 아누비스의 강병과 맞서 팽팽한 접전을 펼쳤다.

이 놀라운 성과의 뒤에는 반군이 낳은 희대의 영웅, 최준형이 있었다.

입문자에 불과한 그는 놀랍게도 반군의 총사령관 직위를 부여받았으며, 그 직위에 걸맞게 놀라운 활약을 보였다.

그 이름이 드높은 정규군의 팔성八星을 쓰러뜨린 건 물론, 사흘간에 걸친 아누비스와의 1:1 결투에서는 무승부를 이뤄 냈다.

상대적 약세에도 불구하고 팽팽한 균형을 이룰 수 있는 건 모두가 그의 공이라 할 수 있었다.

걸출한 영웅의 탄생. 하지만 이를 바라보는 세트의 마음은 조급할 뿐이었다.

분명 이시스가 부활의 의식을 진행하고 있을 게 뻔했다.

그래서 일거에 반군을 쓸어 버리려고 했으나 모든 게 물거 품이 되고 만 것이다.

이제 시간은 그의 편이 아니었다.

이대로 더 시간을 지체했다간 오시리스가 부활하는 건 시 간문제다.

그렇게 되면 기껏 손에 쥐었던 부귀영화가 모두 물거품이 될 것이 분명했다.

조급함을 이기지 못한 그는 자리를 박차고 일어났다.

지금껏 몸을 움직이지 않은 건 귀찮았을 뿐이지 전쟁이 두 려워서가 아니었다.

어찌 보면 반군이 가장 경계해야 할 적이 바로 세트였던 것이다.

결국 그는 한동안 떠나지 않았던 헬리오폴리스 성을 떠나 한창 전투가 벌어지는 전장으로 이동했다.

물론 혼자가 아니었다. 내성을 지키는 최강의 왕실 근위대 1천 명과 함께 전쟁의 승리를 이끌기 위해, 이변이 없는 끝을 위해 달리고 또 달렸다.

어둠이 짙게 깔린 늦은 밤.

달빛도 구름에 숨어 버린 칠흑 속 어둠을 비춰 주는 건 붉게 타오르고 있는 횃불이었다.

그 나약하기 그지없는 불빛을 의지해 주변을 돌아보면 임시로 지어진 막사 하나를 발견할 수 있다.

간이로 마련되어 막사의 구색만 갖췄을 뿐이나 다른 협소한 막사와 비교하면 궁전이라 생각될 정도로 넓다.

전쟁 통에도 이 정도 사치를 누릴 수 있는 자라면 높은 직위, 그것도 총사령관이 아니라면 불가능했다.

"다, 다시 한 번 말해 봐라."

고요함을 깨뜨린 음성.

감정의 동요를 나타내고 있는 그 음성은 막사 안에서 흘러나오고 있었다.

막사 안.

마법의 등불로 환한 그곳에는 자칼을 형상화한 투구의 아누비스가 있었다.

막사의 주인이 있는 것은 당연하다.

하지만 그곳에는 아누비스 말고도 다른 누군가가 존재했다.

"이미 다 설명했을 텐데? 네 녀석의 아비는 세트가 아닌 오시리스라고."

동요하는 아누비스와 달리 무심할 정도로 담담했다.

그런데 이상한 건 특유의 음색을 제외하면 그 외형을 알아보는 게 불가능하다는 점이었다.

젊은 남자였다 싶다가도 중년인, 아니, 노인처럼 보일 때가 있다.

보고 또 봐도 계속 변화하는 외형은 만환萬換이라는 면구에 의한 것.

본래 이 면구는 이스턴의 무사, 사도환이 즐겨 사용하던 것이었으나 그는 얼마 전 죽음을 맞이했다.

바로 아누비스의 앞에 선 존재 정훈에 의해서 말이다.

십대기보를 찾기 위해 혈안이 된 그는 눈에 보이는 모든 이스턴 출신의 무사들을 족쳤다.

탐욕에 눈이 먼 그에 의해 수많은 무사들이 죽음을 맞이했지만, 기보를 찾는 건 쉽지 않은 일이었다.

물론 아예 성과가 없었던 건 아니다.

그들을 통해 기보를 소유한 이들의 정보를 캐내었고, 그 결과 만환과 같이 유용한 아이템을 얻을 수 있었던 것이다.

기보를 찾는 일이 그리 쉽지 않다는 것을 깨달은 그는 나머지 퍼즐의 조각을 맞추기 위해 아누비스를 찾아온 참이었다.

 지금껏 알려지지 않았던 비화를 들춰 내어 아누비스를 흔들기 위함이었다.

 "믿을 수 없다. 어찌, 어찌 내가 아버지의 아들이 아닐 수 있단 말이냐!"

 "그래. 못 믿을 것 같아서 직접 네프티스의 편지를 가져왔잖아. 뭐, 네 어미를 못 믿겠다는 건 아니지?"

 아누비스는 지금 혼란에 빠져 있었다.

 지금껏 당연히 아버지로 여겼던 세트였다.

 하지만 눈앞의 사내는 어머니 네프티스의 편지를 전해 주며 그것이 거짓이라 말하고 있었다.

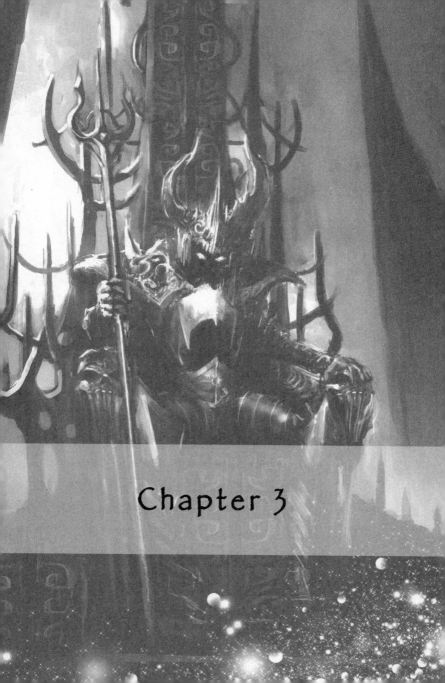

Chapter 3

　가면 사이로 드러난 아누비스의 눈동자가 격렬하게 흔들
렸다.

　그 시선이 향한 곳엔 반쯤 펼쳐져 있는 하얀 종이가 놓여
있었다.

　본래의 하얀 공간을 빽빽하게 채우고 있는 검은 글씨는 그
녀의 어머니 네프티스의 자필이었다.

　전쟁터의 총사령관으로 부임한 이후 여러 번 편지를 받아
봤으나 지금처럼 격한 감정을 보인 적은 없었다.

　그럴 수밖에 없는 게 그 내용이 너무도 충격적이었던 탓이
었다.

　'너의 친아버지는 세트가 아니다. 나의 오라버니이자 너에

게는 큰아버지 되는 오시리스, 그가 바로 너의 아버지다. 즉, 오시리스를 죽인 세트는 너의 원수인 것이다.'

서론을 제외한 내용이 그러했다.

아무리 읽고 또 읽어 봐도 편지의 내용이 바뀌는 일은 없었다.

"아니다. 이건, 이건 모함이다. 어머니의 편지가 아니다!"

편지를 구긴 후 바닥으로 집어 던졌다.

불안과 초조, 당황과 분노 등 복잡한 감정이 뒤섞인 눈동자가 정훈에게 향했다.

"네 녀석은 필시 이시스가 보낸 첩자일 터. 당장 그 목을 베어 더러운 주둥일 닫게 해 주마."

너무 충격적인 상황과 대면할 경우 회피를 선택하는 경우가 많다.

지금 아누비스의 상태가 그랬다.

분명 네프티스의 자필, 그리고 그녀가 지닌 고유의 인장이 편지에 찍혀 있었다.

그럼에도 그는 현실을 부정했다.

작금의 상황을 받아들일 수 없었기 때문이다.

대신 그 분노를 정훈에게 쏟아냈다.

마음의 평화를 깨뜨린 훼방꾼. 어떻게든 그를 죽여 당장의 화풀이를 할 생각이었다.

'그래. 전에도 이런 반응이었지.'

아누비스의 반응은 게임에서 겪었던 것과 한 치도 다르지 않았다.

분노한 그는 네프티스의 편지를 가져온 이를 공격했다.

정석적인 방법이라면 그 공격을 받아 내면서 오해를 풀어야 하지만, 정훈에겐 예외의 선택지를 만들 수 있는 무력이 있었다.

"아주 지랄을 하세요."

얼마든지 오해하라지.

그 성질을 받아 줄 생각 따윈 없었다.

정훈은 검을 빼든 채 달려오는 아누비스를 향해 주먹을 내질렀다.

슈욱!

비록 빠르기가 상당하다곤 하나 평범하게 직선으로 뻗는 공격이었다.

코웃음 친 아누비스가 유연하게 몸을 틀어 회피하려고 했다.

퍽!

그러나 그는 복부에 느껴지는 아찔한 충격에 눈을 부릅떴다.

분명 직선의 궤적을 그리던 주먹이 마지막 순간 기묘하게 꺾여 복부로 파고 든 것이다.

그 놀라운 변화는 아누비스가 감지할 만한 수준이 아니

었다.

"못 믿는 건 네 자유긴 한데. 근데 어디서 화풀이질이야?"

연이은 주먹이 아누비스의 전신을 두드렸다.

아무리 총사령관, 그것도 명성이 높은 용장이라곤 하나 그래 봐야 5막이라는 무대에 한해서일 뿐이다.

신격神格도 지니지 못한 애송이를 가지고 노는 건 정훈에게 너무도 쉬운 일이었다.

퍼퍼퍼퍽.

얼마나 주먹질이 빠른지 공중에 뜬 상태로 내려올 생각을 하지 않았다.

그렇게 한참 동안이나 일방적인 구타를 당하던 아누비스의 의식이 흐릿해져 갈 때쯤이었다.

털썩.

그는 마침내 지면을 밟을 수 있었다.

그러나 쓰러진 아누비스의 몰골은 말이 아니었다.

가면을 비롯해 황금 갑옷 곳곳이 찌그러지거나 파손되었다.

갑옷이 그러할진대 피부는 어떻겠는가.

부서진 틈새 사이로 보이는 피부는 피멍이 들어 검붉게 변해 있었다.

"으어……."

그뿐만이 아니라 이가 모두 부서지고 입안은 해질 대로 해져 바람 빠지는 소리밖에 나지 않았다.

명색이 한 군을 이끄는 총사령관.

그것도 극의 능력을 지닌 아누비스를 처참한 몰골로 만들기까지 필요한 시간은 고작 5분에 불과했다.

탈에 이른 정훈의 무력이 얼마나 사기적인지 단적으로 확인할 수 있는 부분이었다.

"이런! 나도 모르게 손을 과하게 쓰고 말았네. 쯧. 이렇게까지 할 생각은 아니었는데. 괜찮아?"

물론 그 말에선 영혼이 단 1그램도 느껴지지 않았다.

"그러게 상대도 봐 가면서 덤벼야지. 무작정 덤비면 쓰나."

위로인 척 비아냥거린 그가 품속에서 꺼낸 건 무지개 색으로 찰랑이는 물약, 5막 한정 모든 상처를 치유하는 '완전 치유의 샘물'이었다.

전투적인 능력은 없으나 의술과 연금술에 뛰어난 조예를 지닌 이시스에게 받은 것이다.

비록 5개밖에 없는 귀한 물품이지만, 어차피 죽은 목숨을 살리는 게 아니라면 그에겐 그리 큰 의미가 없는 소모품이었다.

쪼르르.

그렇기에 망설임 없이 사용할 수 있었다.

무지개 색 액체가 아누비스의 몸을 적시기 시작하자 놀라운 변화가 일어났다.

부러졌던 이가 솟아나는 건 물론 피멍도 본래의 살색을 되찾았다.

더욱 놀라운 사실은 고철덩이에 불과했던 무장이 완전히 새것처럼 변했다는 점이다.

완전 치유 효과는 상처뿐만이 아니라 아이템에도 영향을 주었다.

"이럴 수가……."

이런 강력한 효과라니. 자신의 몸을 하나하나 살펴보던 아누비스의 눈이 더 커질 수 없을 만큼 커졌다.

"어때. 대화할 마음이 무럭무럭 샘솟지?"

놀라고 있는 아누비스에게 다가가 어깨에 손을 올렸다.

움찔.

자신도 모르게 몸을 움츠린 그를 보며 옅은 미소를 지었다.

"짜식, 쫄기는. 걱정 마. 아직 우린 해야 할 이야기가 많이 남아 있잖아?"

그렇게 시작된 두 사람의 대화는 밤늦도록 끝날 줄 모르고 계속되었다.

어둠이 물러나고 태양이 떠올랐다.

아지랑이가 피어오를 정도로 뜨거운 지열이 올라오는 바하리야 사막.

그 뜨거운 열기만 제외한다면 그 어느 곳보다 고요하기만 하던 사막엔, 평소 찾아볼 수 없었던 묘한 긴장감이 흐르고 있었다.

"반역자 이시스와 호루스는 순순히 포박을 받아라!"

사막의 동쪽.

수만 명의 병사들이 오와 열을 맞춘 그곳의 선두엔 사냥개 모양의 가면을 쓴 세트가 보였다.

불과 어젯밤까지만 해도 헬리오폴리스성을 지키던 그는 휘하의 근위대와 함께 밤새 쉬질 않고 이동해 동이 틀 즈음 전장에 도착할 수 있었다.

"반역자? 하, 웃기지도 않는군. 현명한 왕이자 나의 남편 오시리스를 죽이고 왕위를 찬탈한 네가 무슨 반역을 논한단 말이냐. 정녕 하늘이 무섭지 않단 말이냐!"

이에 대응하며 이시스가 소리쳤다.

아직도 의문을 품은 병사들의 동요를 이끌어 내기 위한 것이었으나 사실 아무런 소용없는 일이었다.

세트에게서 기득과 권력을 약속받은 그들은 웬만한 일에는 꿈쩍도 하지 않았다.

전 왕이었던 오시리스가 살아 돌아오지 않는 이상에야 마음을 꺾는 일은 없을 터였다.

"웃기는군. 형을 죽인 건 이시스, 네년이 아니냐. 우린 뱀과 같은 너의 세 치 혀에 놀아나지 않을 것이다."

"흥! 여전히 주둥이는 살아 있구나. 좋다, 어디 마지막엔 누가 웃는지 두고 보자꾸나!"

전면전을 각오했던 바다.

기세를 잡으려는 두 우두머리의 설전이 끝나고, 서로의 병력이 전면에 배치되었다.

휘잉.

때마침 불어온 모래바람이 대치한 두 진영을 한차례 휩쓸고 지나갔다.

"공격!"

"공격해라!"

마치 짠 것처럼 동시에 명령이 터져 나왔다.

"우와아아!"

기세를 끌어올리려는 듯 거대한 함성을 지른 양측 병력이 서롤 향해 달려갔다.

파파팟.

적당히 거리를 재고 있던 궁수와 마법사 부대의 공격이 터져 나왔다.

하지만 이미 예상하고 있던 바, 양측 병력을 보호하는 투명한 반구형의 보호막이 그들을 감쌌다.

원거리 공격에 한해선 절대적인 방어를 자랑하는 전설급 방패 부러진 화살의 격이 발휘된 것이다.

이 강력한 권능 앞에선 어지간히 강력한 공격이 아니고선

무의미한 일.

포물선으로 그리던 화살은 부러지고, 마법은 소멸되었다.

방어막을 통해 한차례의 공격이 무효화된 동안 양측의 거리는 상당히 근접해 있었다.

본격적인 충돌이 일어나기 직전의 그 순간이었다.

"가자!"

장내를 뒤흔드는 힘찬 외침과 함께 한 무리가 이시스 진영을 뛰쳐나왔다.

그 수라고 해 봐야 고작 250명에 불과했다.

수만이 교차하는 전쟁터에선 극소수이나 그들을 본 세트 진영에선 때 아닌 동요가 일었다.

"최준형!"

"선두의 기사!"

적어도 5막에서 그들을 모르는 입문자는 소수였다.

아군에겐 든든한 수호신이나 적군에겐 사신과 같은 이들.

항상 선두에 서서 적들을 휩쓸어 버리는 그 무용에 의해 선두의 기사라는 명칭까지 생겼다.

개개인의 무력도 뛰어나나 정작 그들이 이름을 알리게 된 건 특유의 연합 때문이었다.

"피어라. 전장에 피어나는 검의 꽃이여."

준형의 입술을 비집고 시동어가 새어 나오자 그의 검에서부터 황금빛 광채가 피어났다.

그것은 일반적인 빛과 달리 특별한 형태를 띠고 있었는데, 흡사 활짝 피어난 장미를 보는 듯했다.

이런 변화는 그만의 것이 아니었다.

준형의 양옆으로 도열한 250명의 검에서도 똑같은 형태의 광채가 피어났다.

다른 점이라 하면 황금색이 아닌 빨강, 노랑, 초록 등 다양한 색이라는 점.

색색의 광채를 뿜내는 꽃의 형상. 마치 그건 전장 속에 피어난 꽃밭과도 같았다.

전설급 세트 무기인 라의 불꽃. 정훈의 권유 아닌 권유로 찾은 라의 공간에서 얻은 최종 보상이었다.

이 특별한 무기는 원하는 개수만큼 복제가 가능한 클론 아이템으로 본체는 준형이, 나머지 250개를 복제하여 그의 동료들이 지니고 있었다.

"큭!"

"으아아!"

그들이 난입한 순간 울려 퍼지는 건 세트 진영의 비명뿐, 눈앞에서 학살이 벌어지고 있었다.

원진을 짠 그들은 주변 적들을 무참히 베어 넘겼다.

그 어떤 적의 접근도 허용하지 않았다.

검이 스치는 곳이라면 어김없이 적의 시체가 늘어날 뿐이었다.

누구 하나 뛰어난 활약을 보이지도, 그렇다고 누구 하나 모자라지도 않다.

이것이 바로 라의 불꽃이라는 무구가 지닌 위력이었다.

본체를 지닌 이의 능력치를 모두가 공유한다.

대신 그 어떤 스킬, 그리고 무구의 능력을 사용할 수 없다.

치명적인 단점이라 볼 수 있으나 입문자들 중에선 최상위의 능력치를 지닌 준형이었다.

그 능력치를 지닐 수 있다는 것만으로도 모든 단점을 보완하고도 남았다.

"근위대는 당장 녀석들을 제압해라!"

흘러가는 전황을 더 지켜볼 수 없었던 세트가 명했다.

진영 내의 부산한 움직임과 함께 황금 갑옷으로 무장한 세트의 근위대가 전면으로 배치되었다.

특별히 엄선된 재능 있는 자들.

패의 끝에 달하는 능력치와 강력한 무구로 무장한 그들은 선두의 기사들과 비교해 무려 4배나 많은 수를 자랑했다.

라의 공간에서 급격한 성장을 이룬 그들이라 해도 쉽지 않은 상대임이 분명했다.

"물러나라, 내 앞을 막은 어리석은 이들이여."

색색의 꽃이 사라지고 그 자리를 대신한 것은 황금 검이었다.

250명이 일으킨 기운이 찬연한 황금의 검이 되어 근위대를 향해 쇄도했다.

모두의 기운이 하나가 되었다. 아니, 라의 불꽃이 지닌 권능으로 인해 그 위력은 수배가 된 상태. 일거에 적들을 쓸어버릴 것이라 믿어 의심치 않았다.

쾅!

굉음과 함께 황금 검이 가로막혔다.

그 앞을 막은 건 거대한 검은 비늘 방패. 세트가 근위대를 위해 특별히 제작한 아포피스의 방패였다.

신들을 잡아먹는 뱀 아포피스의 비늘로 제작한 이것은, 무려 불멸급에 해당하는 보물이었다.

"후퇴!"

예상치 못했으나 당황하진 않았다.

이미 라의 불꽃으로 거둘 수 있는 소기의 목적은 달성했기에 미련 없이 후퇴를 명했다.

"어딜 도망치느냐!"

하지만 근위대는 이를 가만히 지켜만 보고 있지 않았다.

대열을 맞춘 그들이 원진으로 파고들었다.

챠챵!

검과 검이 부딪치며 불똥이 튀었다.

그들은 일수에 쓰러지던 일반 병사들과는 달랐다.

개개인의 무력 또한 만만치 않았기에 준형의 발목을 붙잡을 수 있었다.

한편 선두의 기사들과 근위대가 접전을 펼치고 있는 사이 양측 병력이 정면으로 충돌했다.

그것은 순수한 힘의 싸움이었다.

"반역자 놈들을 죽여라!"

세트군의 기세가 등등했다.

그럴 수밖에 없는 게 특별한 변수가 없는 이상 병력의 수나 질에서 확연한 차이가 있기 때문이다.

그 차이는 시간이 지날수록 더욱 확연하게 드러났다.

"크악!"

고통에 찬 비명과 함께 쓰러지는 병사.

한창 전투가 벌어지는 주위의 대다수 시체가 이시스군의 갑옷을 착용하고 있었다.

"하하하, 멍청한 녀석들. 감히 나와 정면 승부를 벌이려 하다니. 이 얼마나 어리석은 일이란 말인가!"

전황을 살피던 세트의 얼굴이 활짝 펴졌다.

모든 게 그의 예상과 한 치도 다르지 않았다.

애초에 질 싸움이 아니었다.

지금껏 팽팽한 균형을 유지했던 것도 준형과 선두의 기사들이라는 변수 때문이었지, 그들만 막을 수 있다면 당연히 이런 모습을 보이는 게 맞다.

하지만 확실한 승리를 얻기까지 방심할 순 없는 일.

"사막의 분노가 몰아치리니."

뱀이 휘감고 있는 녹색 지팡이를 지면에 찔렀다.

쿵!

작은 진동과 함께 지면이 들썩였다.

후우웅.

갑자기 일어난 모래 바람이 전장을 휩쓸었다.

"눈, 내 눈!"

이시스군은 고통을 호소하기 시작했다.

세트가 발동한 사막의 분노는 아군에게는 아무런 영향도 미치지 않으나 적에게는 잠시 동안 눈을 멀게 하는 힘을 지니고 있었다.

사막의 모래를 자유롭게 다룰 줄 아는 세트의 권능이 발휘된 것이다.

"폐하의 권능이 우리를 돕는다!"

사기를 높이기 위한 부관의 외침과 함께 저돌적으로 들이쳤다.

눈에 들어간 모래로 인해 잠시 동안 시야를 상실한 이시스군은 속수무책으로 당할 수밖에 없었다.

"후퇴, 후퇴하라!"

여러 모로 불리한 상황.

결국, 이시스가 후퇴를 명하자 썰물 빠지듯 병력들이 물러나기 시작했다.

"쫓아라. 한 놈도 도망치게 두지 마라!"

물론 이를 두고 볼 세트가 아니었다.

세트는 이시스군의 뒤를 바짝 쫓으며 등에다 칼을 꽂았다.

"그곳엔 헤어 나오지 못하는 늪지가 있으니."

세트가 그러하듯 이시스 또한 강력한 권능을 지니고 있었다.

알려지기로는 치유의 힘만을 지니고 있는 것으로 알려져 있으나, 숨겨진 권능으로 모든 지면을 늪지로 바꿀 수 있는 능력이 있었다.

철벅.

정확히 두 병력의 경계선에 생성된 늪지로 인해 세트군의 진군이 둔화되었다.

어렵게 마련된 틈에 이시스군은 뒤도 돌아보지 않은 채 도주했다.

고작 늪지에 불과하나 무거운 중장비를 착용한 상태였기에 추격이 늦춰질 수밖에 없었고, 힘들게 늪지를 탈출했을 땐 이미 이시스군은 꽤 거리를 벌린 상태였다.

"후후."

모처럼 잡은 기회를 놓치게 된 셈이었지만, 세트의 입가에 그려진 미소를 좀처럼 가실 줄 몰랐다.

분노하는 대신 손 안에 수정구를 쥐었다.

먼 거리에 있는 이와 의사를 주고받을 수 있는 '멧의 목소리'라는 보물이었다.

'아누비스, 때가 되었다.'

'알겠습니다, 아버지.'

아군 진영을 찾은 그가 가장 먼저 한 일은 아누비스의 총사령관 직위를 박탈하고 자신이 그 자리에 앉는 것이었다.

대신 아누비스에게 부사령관의 지위를 내리고 휘하에 3만의 병력을 맡겨 적의 후방으로 침투하도록 했다.

특수 임무를 부여받은 아누비스는 새벽녘에 주둔지를 떠나 사막의 모래 언덕 사이에 몸을 숨겼고, 세트의 신호만을 기다리고 있었다.

사실 전쟁의 승리는 일찌감치 예상하고 있었지만, 그가 원한 건 단순한 승리가 아니었다.

모든 불안 요소의 제거.

그러기 위해선 오시리스를 부활시킬 수 있는 능력을 지닌 이시스나 그의 아들인 호루스 모두를 죽여야만 했다.

그래서 함정을 팠다.

일부러 적들이 후퇴할 수 있는 틈을 주었고, 그 후퇴의 방향 또한 일부러 유도한 곳이었다.

"전열을 재정비해라. 곧장 녀석들을 추격한다."

앞에선 아누비스의 군대, 그리고 뒤에서 자신이 추격한다면 도망갈 틈은 없다.

승리를 확신한 세트는 부하들을 다독이며 진군을 서둘렀다.

얼마 지나지 않아 그들은 이시스군의 후미에 당도할 수 있었다.

"푸하하! 함정에 빠진 줄도 모르고 신나게 도망가더라니. 여기가 바로 네 녀석들의 무덤…… 으응?"

신나서 떠들어 대던 세트는 곧 의아한 상황과 대면해야만 했다.

분명 아누비스와 충돌해 혼잡해야 할 전장이 더없이 평온하기만 했다. 아니, 애초에 전투의 흔적조차 발견할 수 없었다.

"아누비스, 도대체 이게 무슨 일이냐?"

당황한 그가 아누비스를 불렀다. 하지만 그 어떤 대답도 돌아오지 않았다.

혹 무슨 변고가 생긴 것일까?

영문 모를 상황에 그의 눈이 빠르게 주변을 살폈다.

"흡!"

그리고 확인할 수 있었다, 이시스 옆에 나란히 선 자칼 가면의 사내를.

그는 바로 자신의 아들인 아누비스였다.

"네, 네놈이……!"

포박당하지도 않은 상태.

그것이 무엇을 뜻하는지 깨달은 세트가 두 눈을 부릅떴다.

"닥쳐라, 아버질 죽인 원수! 나는 해야 할 일을 할 뿐이다."

그 날 밤, 정훈에게 정신교육을 단단히 당한 아누비스는 세트를 불구대천지의 원수로 생각하고 있었다.

물론 그것이 사실이기도 했다.

임신한 네프티스를 강제로 품은 것, 협박과 강요에 의한 결혼 등 세트가 저지른 만행은 차마 입에 담을 수 없는 것이었다.

'저놈이 어떻게……?'

짧지 않은 대화에서 아누비스가 이미 적으로 돌아섰음을 느낄 수 있었다.

이마에서부터 식은땀이 흘러내렸다.

상황이 좋지 않았다.

용장인 아누비스를 잃은 건 둘째 치고 휘하의 3만 병력 또한 적으로 돌아선 것이다.

지금 정면 승부를 벌였다간 전멸을 면치 못할 터였다.

쿵!

지체하지 않고 지팡이를 찍었다.

그러자 모래로 이루어진 지면이 파도처럼 출렁대기 시작했다.

"제길, 모두 후퇴해라!"

강력한 권능을 일으킨 그는 다급히 후퇴를 명했다.

상황이 이미 기운 것을 파악한 병사들 또한 일말의 망설임 없이 등을 돌렸다.

적들은 요동치는 모래 바닥에 의해 발이 묶여 있으니 안심하고 도주가 가능했다.

'두고 봐라. 내 반드시 네 연놈들을 모두 찢어 죽일 테니.'

조금 전까진 승리의 미소로 가득하던 그의 얼굴이 악귀처럼 변했다.

그나마 다행한 건 빠르게 대처한 덕분에 도주할 틈을 만들었다는 것.

물론 마지막 수가 여전히 남아 있으나 그건 어디까지나 최후에 최후를 위한 방법이었다.

목숨이 경각에 달리지 않은 상황이라면 절대 사용하지 말아야 할 방법이었다.

그런데 생각보다 그 순간은 더 빨리 그를 찾아왔다.

"어딜 그리 급하게 가시나?"

멀찍이 떨어진 정면에서 손을 흔들고 있는 사내가 있었다.

뒤로는 기괴한 몰골을 한 악마 군단 수백 명을 거느린 사내는 바로, 정훈이었다.

분명 세트는 한 수 앞을 바라보는 지혜가 있는 자로, 전쟁의 승리를 장담하고 있었다.

패배는 안중에도 없던 그가 어째서 궁지에 몰리게 되었을까.

그 불행의 시작은 정훈이라는 존재가 이시스군을 선택하면서부터였다.

사실 정훈은 세트가 어떻게 행동할지 게임의 경험을 통해 모두 파악하고 있었다.

한 수 앞을 바라보고 있다 한들 어차피 그의 손바닥 안을 벗어날 수 없다는 것을 의미하는 것.

헬리오폴리스의 네프리스의 편지를 시작으로 아누비스의 설득, 그리고 후퇴하는 세트군이 퇴로까지 가로막는 그 모든 일이 그것을 증명했다.

"짓밟아 버려라!"

감히 수백 명으로 수만의 병력에 막아서다니.

별다른 대처법을 마련할 필요도 없기에 돌진을 명했다.

"마신이시여, 명령을."

다가오는 병력을 바라보던 아자젤이 무릎을 꿇었다.

명령만 떨어진다면 당장 눈앞에 있는 어리석은 인간들의 사지를 찢어 버릴 작정이었다.

수의 차이?

그딴 건 문제가 되지 않는다.

마신의 군세는 그 하나하나가 극의 끝에 달한 능력치의 괴물들에 있다.

특히 아자젤과 같은 몇몇의 간부들은 탈의 능력치를 지니고 있었다.

그간 5막의 전 지역을 돌아다니며 악마들을 보충하기도 했기에, 그만한 자신감이 나오는 것이었다.

"아서라."

하지만 정훈은 살육에 들끓는 그들의 욕망에 찬물을 끼얹

아이템
매니아

었다.

"오늘 너희가 할 일은 살육이 아냐. 적당히 양념만 치도록 해."

아직 이 무대의 주인공은 정훈이나 휘하의 군세가 아니었다.

물론 그냥 모른 척 활약을 펼쳐도 크게 상관은 없으나 그렇게 되면 기껏 마련해 놓은 준형의 무대 공사가 물거품이 된다.

그래선 안 된다.

지금은 주인공을 돋보여 주는 조연으로서의 역할을 다할 뿐이다.

"반드시 명심해야 할 거야. 혹 내 명을 어기고 하나라도 손을 대는 녀석이 있다면……."

굳이 다음 말을 잇진 않았다.

사납게 빛나는 그의 눈빛을 본 악마들은 마른침을 삼켰다.

저 사악하기 그지없는 주인의 말을 어겼다간 소멸을 각오해야 함을 알고 있기 때문이다.

"모두 알아들었을 거라 믿는다."

"명을 받듭니다!"

아자젤을 비롯해 모든 악마들이 부복하며 외쳤다.

"뭐하고 있어? 얼른 튀어 나가!"

어느새 지척까지 접근한 세트군을 향해 악마들이 쇄도했다.

완벽히 무장한 수만의 병력과 고작 500명의 괴물들.

그 광경은 계란으로 바위를 치는 것과 같았다.

두 무리가 한데 섞이며 충돌하는 그 순간 누구도 예상 못한 광경이 눈앞에 펼쳐졌다.

푸욱.

수백 개의 무기가 악마들의 육신으로 파고 들었다.

"아이고, 시원하다."

"왜 그만둬? 좀 더 쑤셔 봐."

누구도 예상 못한 광경. 당장 죽어도 이상하지 않을 피해에도 악마들은 멀쩡히 살아 있었다.

단지 살아 있는 것뿐만 아니라 오히려 더 찌르라며 종용하는 게 아닌가.

"이것들 뭐야? 죽질 않잖아!"

"괴, 괴물!"

수많은 전쟁터를 전전하며 경험을 쌓은 그들도 당황을 금치 못했다.

갑작스럽게 맞닥뜨린 혼란스러운 상황은 진열의 붕괴를 일으켰다.

바짝 뒤를 쫓던 병사들은 앞선의 병사들과 부딪쳐 충돌했고, 그 사이사이마다 끼어 든 악마들로 인해 완전히 발이 묶여야만 했다.

'잘한다.'

전혀 동떨어진 곳에서 전황을 지켜보던 정훈의 입가엔 흡족한 미소가 그려졌다.

혹 살육의 본능을 주체하지 못한 이탈자 녀석들이 생기지 않을까 우려하기도 했으나 다행히 아무런 문제가 없었다.

'이래서 인간과 악마는 한 번씩 패 줘야 한다니까.'

악마를 통제하는 건 굉장히 어려운 일이다.

생각해 보라.

평생 자기 좋을 대로 살며 살육이나 일삼던 녀석들을 어떻게 통제할 수 있단 말인가.

심지어 기존 권좌에 앉은 마신들도 또한 제대로 통제하는 불가능한 구제불능들이었다.

하지만 정훈의 사전에 불가능은 없었다.

일전에 바포메트에게도 선보인 바 있었던 성수와 솔로몬의 일대기, 그리고 운명의 창 등을 이용한 고문이 효과를 발휘했다.

정신교육을 빙자한 고문에 지속적으로 노출된 악마들은 어느 날 그에게 백기를 들었다.

물론 충성은 아니다.

단지 공포에 의한 강제적인 복종을 얻어 낸 것에 불과했다.

'예전에 비한다면야, 뭐.'

그래도 통제하느라 진땀 뺐던 예전보단 훨씬 낫다.

잠시 전황을 지켜보던 정훈은 이내 관심을 거두었다.

대신 아이템을 이용해 준형에게 의지를 전달했다.

'발은 묶어 뒀으니 나머진 알아서 처리해.'

'네. 이제 거의 다 쫓아온 것 같습니다.'

더 이상의 대화는 무의미했다.

이제는 정말 모든 할 일을 다 했다.

나머진 준형과 이시스 군이 해야 할 몫. 지금 그의 역할은 그들의 활약을 지켜보는 것이었다.

⬮⬮⬮

"이, 이게 정녕 현실이란 말인가!"

함성과 비명이 울려 퍼지는 전장. 근위대의 보호 아래 전황을 지켜보던 세트는 장탄식을 내뱉어야만 했다.

분명 모든 계획이 완벽했다. 그런데 어째서 일이 이토록 꼬였을까.

'그 괴물들이 아니었다면…….'

물론 아누비스의 배신도 한몫하긴 했지만, 얼마든지 재정비할 수 있는 기회가 있었다.

돌이킬 수 없는 결정타는 퇴로를 차단한 수백의 괴물들이었다.

난데없이 나타나 발을 묶더니 이시스군이 접근한 즉시 신기루처럼 사라져 버렸다.

도대체 그건 무엇이었나.

단체로 환각이라도 본 게 아닐까?

'아니, 그게 무엇이든 무슨 상관이랴.'

아누비스와 합세한 이시스군의 기세는 무서웠다.

거친 파도처럼 아군을 휩쓸었고, 수천 명의 사상자가 발생했다.

황실 근위대가 소소한 활약을 펼치긴 했으나 적에겐 선두의 기사들과 아누비스가 있었다.

지금은 근근이 버티고 있으나, 그 시간도 얼마 남지 않았다.

이제는 정말 선택을 해야 할 때였다.

망설이던 그의 눈에 결심의 빛이 번뜩였다.

그러곤 곧장 품을 뒤적거려 특별한 보물을 꺼냈다.

'어쩔 수 없지.'

그것은 주먹만 한 주황빛 구슬이었다.

평범한 구슬은 아니다.

투명한 유리와 같은 그 속을 들여다보면 이글이글 타오르고 있는 태양이 숨어 있었다.

"만물의 위에 선 자, 신중의 신, 태양의 신 라여. 당신의 약속을 이행할 때가 되었습니다."

독백처럼 중얼거린 그가 구슬을 지면으로 힘껏 집어 던졌다.

쨍그랑!

산산조각 난 구슬 파편이 사방으로 흩어진다.

화아악.

마치 하얀 백지에 물감이 번지듯 주변 사물이 순식간에 변화했다.

따스한 태양의 온기가 가득한 황금빛 공간. 그곳을 둥글게 감싸고 있는 건 높게 솟은 단상이었다.

하늘에 닿을 것처럼 높게 솟은 단상 끝에는 형체를 파악할 수 없는 검은 그림자만이 자리하고 있었다.

-필멸자의 방문은 오랜만이로군. 그래, 무엇을 판결받기 위해 심판의 방을 찾았느냐.

한창 전투에 여념 없던 이시스와 세트군은 갑작스러운 환경 변화와 뇌리에 울리는 음성으로 인해, 하던 행동을 중단할 수밖에 없었다.

'드디어 물었구나!'

모두가 당황할 때도 정훈만큼은 달가워했다.

지금까지 행한 모든 일은 이 공간, 즉 심판의 방에 오기 위한 밑그림에 지나지 않았다.

그리고 마침내 그 결실을 눈앞에 두고 있었다.

"만물을 다스리는 위대한 태양신 라여, 위대하신 분께 제 억울한 사정을 말씀드리고 싶습니다."

정말 억울한 일이라도 당한 듯 표정을 일그러뜨린 세트가 말문을 열었다.

-억울한 사정이라. 어디 한번 말해 보⋯⋯.

"세트, 네 이놈. 이게 무슨 수작이냐!"

이시스였다.

갑작스러운 변화에 당황하던 그녀는 이내 정신을 차렸다.

무슨 수작을 벌였는지는 모르겠지만, 어차피 목표는 세트라는 것에는 변함이 없었다.

"뭐하느냐? 당장 녀석을 포박해 내 앞으로 데려오너라."

주변의 병사들에게 명했다.

감히 누구의 명이라고 거역하겠는가.

늘어뜨린 무기를 꼬나 쥔 병사들이 세트를 향해 접근했다.

-무엄하구나!

-주제도 모르는 필멸자 녀석들 같으니!

-감히 여기가 어디라고 소란을 피우는 것이냐!

-정숙하지 못할까?

마치 천둥이 머릿속에서 치는 듯했다.

의지 속에 깃든 힘에 모두가 몸을 떨었다.

그것은 근원적인 공포. 방대한 마력을 지닌 이시스 또한 저항할 수 없는 종류의 것이었다.

그곳에서 평온한 이라면 세트와 정훈, 그리고 호루스가 유일했다.

-그만!

처음의 온화했던 의지, 라의 의지가 울려 퍼지자 사방에서 몰아치던 천둥이 그쳤다.

　－명심하라. 내 이번 한 번은 넘어가나 두 번은 없을 것이다.

　이시스를 비롯한 장내의 모두가 무의식적으로 고개를 끄덕였다.

　그 말을 어겼다간 단숨에 목이 달아날 것임을 짐작했기 때문이다.

　－그대, 판결을 원하는 필멸자여. 이제 편히 말해 보아라.

　"네, 알겠습니다. 부디 현명한 처사를 부탁드리겠습니다. 그것은 오래전 일입니다."

　세트는 많은 거짓을 보탠 자신의 이야기를 시작했다.

　그것은 말도 안 되는 소설이었다.

　그 주된 내용을 살펴보면 이시스가 아누비스와 간통하여 호루스를 임신했고, 이를 감추기 위해 오시리스를 죽였다는 것.

　"그게 무슨 말도 안 되는 말……."

　－조용, 조용!

　기가 막혔던 이시스가 끼어들려고 했으나 라의 제지로 멈춰야만 했다.

　－판결은 오직 나의 몫이다. 너에겐 그 어떤 발언권도 없다.

　"읍읍!"

　정체모를 권능이 발휘되어 이시스의 입을 막아 버렸다.

　그 모습을 바라보는 세트의 미소가 짙어졌다.

　그가 조금 전 깨뜨렸던 라의 태양 구슬은 단순히 심판의 방으로 가는 장치가 아니었다.

그것은 라의 징표.

오직 그에게 도움을 준 자, 특별한 자격을 지닌 자만이 지닐 수 있는 신물이었다.

오래전 라는 권능을 잃어버린 채 인간 세상을 방랑했던 적이 있었다.

아무리 태양신, 주신이라 하더라도 신의 격을 잃어버린 상태에서 평범한 인간과 다름이 없다.

그렇기에 세상의 모든 사람들이 그의 진정한 정체를 알아보지 못했지만, 세트만큼은 달랐다.

황실에 보관되어 있던 라의 거울을 지니고 있었던 그는 우연하게도 라의 정체를 알게 되었고, 방랑하던 그를 성에 머물게 하며 극진히 대접했다.

그것만으로도 큰 은혜를 입은 것이지만, 이 콧대 높은 태양신은 크게 아랑곳하지 않았다.

챙길 것을 챙긴 후 성을 떠나던 라였지만, 호시탐탐 기회만을 엿보고 있던 신사神死 뱀 아포피스의 습격을 받게 되었다.

그 위기 상황에서 세트가 나타난 것이다.

분명히 기회가 있을 거로 판단한 그는 라의 곁을 맴돌았고, 마침내 그 기회를 포착하고 지체 없이 달려들었다.

결국 세트의 도움으로 목숨을 건진 라는 자신의 신물을 그에게 건넸다.

언제든 이 구슬을 깨뜨릴 경우 너의 위기 상황을 무사히 넘겨주겠다는 다짐과 함께 말이다.

―너의 억울한 사정은 잘 들었다. 그럼 이제 판결을 내릴지니.

탕탕.

판결을 내리는 신호와 함께…….

―이시스. 간통죄로 사형. 아누비스 간통죄로 사형. 호루스 간통죄를 묵인한 죄로 영원의 감금을 선언하노라!

결국, 말도 안 되는 판결이 내려졌다.

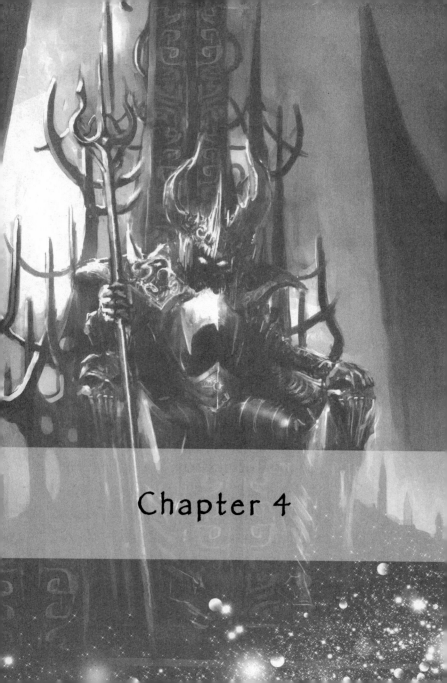

Chapter 4

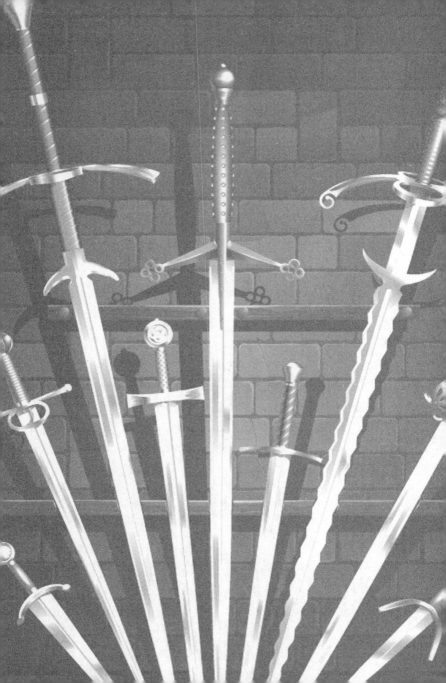

이는 당연한 결과였다.

세트에게 목숨의 빚을 지고 있었던 라는 공정성이 어떻든 그의 편을 들어줄 생각이었기 때문이다.

사람들은 전능한 신, 누구보다 공정해야 할 존재가 어찌 그럴 수 있냐며 따질 수 있으나, 한낱 피조물에 불과한 인간의 사정에 크게 연연하지 않는 게 바로 그들이었다.

인간의 도덕과 관념에 그들을 빗대는 것만큼 어리석은 일은 없는 것.

애초에 그들은 인간과는 전혀 다른 존재였다.

-죄인을 도운 너희들 또한 벌을 피해 가진 못할 것이다.

세트의 바람을 잘 알고 있었던 라였기에 이시스 휘하의 병력들에게도 엄포를 놓았다.

그 의지에서 전해져 오는 공포에, 떨림이 더욱 심해졌다.

수만 명의 인간들이 간질 환자처럼 벌벌 떨어 대는 광경은 참으로 기괴하기 그지없었다.

"사형? 누구 마음대로 사형이야, 이 씨벌놈들아!"

감히 누구 하나 입도 떼지 못하는 상황 속에서 거친 욕설이 울려 퍼졌다.

어떤 미친놈이…….

장내의 모든 시선이 소리의 근원지로 향했다.

"억!"

놀란 신음이 뒤따랐다.

그곳에 전혀 예상외의 인물이 걸어 나오고 있었다.

욕설의 주인공은 호루스였다.

지금껏 침묵만으로 일관하던 그가 마침내 움직였다.

ー네놈이 정녕 죽고 싶구나.

ー소원이라면 당장 죽여 주마!

라의 소집으로 심판의 방에 모여 있었던 신들이 분노를 표했다.

서릿발과도 같은 그 기세에 공간이 들썩였다.

"지랄하고 자빠졌네!"

하지만 호루스는 결코 움츠러들지 않았다.

사방에서 조여 오는 신들의 압박에 맞서 숨겨 두고 있었던 모든 잠재 능력을 개방했다.

아주 짧은 순간 분노한 신들의 기운이 소멸되고, 이를 대신해 진한 회색빛 기운이 장내를 지배했다.

－태초의 기운?

놀란 라의 독백이 모두에게 전해졌다.

태초의 기운.

그것은 곧 태초의 바다 누를 말한다. 모든 신들의 아버지 라 또한 이곳에서 탄생했다.

하지만 그도 태초의 기운을 단 한 톨도 지니지 못했다.

물론 이에 대한 미련은 없었다.

태양의 기운을 타고난 덕분이기도 했고, 태초의 기운이라는 게 그 누구도 가질 수 없는 순수한 것임을 알고 있었기 때문이었다.

그런데 지금 그는 자신도 품지 못했던 태초의 힘을 지닌 이를 눈앞에 두었다.

놀랍게도 신이 아니다.

그렇다면 신을 초월한 특별한 존재인가 하면 그것도 아니었다..

그는 필멸의 삶을 살아야만 하는 피조물이었다.

－그를 죽여라!

그것은 태초 신인 본인도 품지 못한 힘에 대한 질투였다.

아버지의 명령에 마아트, 바스테트, 하토르, 테프네트 등 그의 아들과 딸들이 작정하여 죽음의 권능을 발휘했다.

고오오.

죽음을 품은 그림자가 호루스에게 드리웠다.

그것은 신만이 발휘할 수 있는 고유의 권능.

살아 있는 생명체라면 반드시 죽을 수밖에 없는, 그야말로 필살必殺의 의지였다.

"하압!"

죽음의 그림자를 바라보던 호루스가 돌연 함성을 내질렀다.

장내를 뒤흔드는 기합성과 함께 드리워 있던 죽음의 그림자가 사라졌다.

살아 있는 모든 것을 죽음으로 이끌 강력한 권능이자 의지였다.

그런데 그게 고작 기합 하나에 사라져 버렸다.

"별 시답잖은 새끼들이 잘난 척은."

믿기지 못할 일을 해냈으나 그 표정만 보자면 귀찮은 파리 1마리를 쫓은 것과 다를 바 없다.

이 같은 광경에 모두가 경악을 금치 못했지만, 그들 중에서도 가장 놀란 건 그의 어미인 이시스였다.

"호, 호루스, 네, 네가 어떻게?"

어렸을 때부터 유달리 소극적인 모습을 보여 왔던 아들이다.

문무文武 어느 곳에서도 특별한 재능을 보이지 않아 그저 오시리스의 빈자리를 채우는 존재 정도로만 생각해 왔는데, 이런 힘을 숨기고 있을 줄이야.

"……"

그러나 호루스는 묵묵부답이었다.

그의 시선이 이시스에게 닿는 그 순간이었다.

"흡!"

그녀는 신음성을 삼킬 수밖에 없었다.

그 눈빛. 그것은 지금까지 그녀가 알고 있었던 나약하고 순진한 아들의 눈빛이 아니었다.

마치 징그러운 벌레를 바라보는 것과 같은 경멸만을 담고 있었다.

감히 바라볼 수 없다.

이시스의 눈동자가 지면으로 향했다.

"버러지 같은 새끼들, 너희 차례는 아직 멀었으니까 잠깐 기다려."

굳이 누군가를 지칭하진 않았으나 버러지가 가리키는 게 누구인지는 명확했다.

불과 얼마 전까지만 해도 어미의 치마폭에 휩싸인 호루스의 갑작스러운 변화였다.

'잘한다!'

오직 정훈만이 그의 변화에 박수를 보내고 있었다.

사실은 내내 조마조마했었다.

호루스의 각성 시기를 맞추는 게 생각보다 어려웠던 탓이
었다.

　하지만 이제 어느 정돈 안심할 수 있다.

　-준형.

　-네, 부르셨습니까?

　기다리고 있었던 정훈의 부름에 준형이 곧장 대답했다.

　-혹시 모르니까 내 옆에 딱 붙어 있어. 저 미친 녀석이 무슨 짓을 할
지 모르니까.

　각성한 호루스는 정훈조차도 감당하기 힘든 상대다.

　그러니 그들을 보호하기 위해선 어느 정도의 안전거리는
확보해야만 했다.

　준형을 비롯해 선두의 기사들이 조심스레 움직여 정훈의
옆에 설 무렵이었다.

　콰앙!

　태초의 기운을 담은 호루스의 주먹이 오른쪽 빈 공간을 후
려쳤다.

　-커헉!

　분명 아무것도 없는 허공이었으나 폭발과 함께 고통에 찬
비명이 터져 나왔다.

　심판의 방에 존재하는 신들 중 하나가 당한 것이다.

　일반적으로 인간의 눈으로는 신의 본체를 파악할 수 없다.

　그 존재를 확인하기 위해선 같은 신이거나 특별한 신물을

지니고 있어야만 했다.

그런데 호루스는 그 두 가지 조건에 상관없이 신들을 존재를 파악하고 있었다.

그것이 바로 태초의 기운을 지닌 그의 특별함이었다.

콰쾅!

그의 주먹과 발길질이 이어질 때마다 어김없이 신들이 소멸되었다.

하나하나가 탈의 능력치를 지니고 있는 신들은 호루스의 일격을 버텨 내질 못했다.

―미개한 필멸자 따위가 감히!

라의 분노가 메아리쳤다.

신들, 자신의 자식들이 죽어 나가는 동안 그는 최후의 일격을 준비하고 있었던 것이다.

머리 위, 하늘을 뚫을 듯 솟은 단상에서부터 거대한 황금빛 구체가 떨어져 내렸다.

그것은 무어라 형용할 수 없는 힘을 담은 순수한 기운의 덩어리였다.

"미친 새끼!"

그 광경을 응시하던 정훈이 욕설을 내뱉었다.

사실 게임 속에서 이미 경험해 본 적 있는 상황이었으나 그때와 지금은 체감이 달랐다.

태양구太陽球라 불리는 라의 최종 오의.

태양의 기운을 밀집시키고, 또 밀집시켜 아주 작은 구로 만들어 낸다.

지금 눈앞에서 떨어지고 있는 황금빛 구체가 바로 그것이었다.

태초의 기운을 지닌 호루스를 세상에서 지워 버리기 위한 라의 최후 수단인 것이다.

그 위력은 심판의 방은 물론 5막의 중심 세계가 통째로 날아갈 정도니 정훈이 이렇게 놀라는 것도 무리는 아니었다.

"어디서 개수작이야?"

하지만 호루스는 달랐다.

하늘 높이 뛰어오른 그는 양손에 태초의 기운을 두른 후 태양구를 향해 손을 뻗었다.

콰카카카카.

순수한 힘의 대결.

폭발하려는 태양구와 이를 저지하려는 태초의 기운이 충돌했다.

-이, 이놈!

결과는 반응을 보면 알 수 있다.

라의 태양구는 호루스의 양손에 짓눌려 소멸했다.

예상한 것과 달리 아무런 폭발도 일어나지 않은 채 말이다.

-녀석을, 녀석을 죽여라!

한 톨의 기운도 남지 않은 그가 다급히 남아 있는 신들에게 명했다.

아버지의 명을 받은 신들은 감히 이를 거역하지 못한 채 호루스에게 달려들었다.

"귀찮은 파리 새끼들 같으니."

라의 의도를 읽은 호루스가 중얼거렸다.

차원을 여는 건 라에게도 꽤 많은 시간이 소요되는 작업이다.

신들이 시간을 버는 동안 도망칠 생각인 것이다.

물론 이를 알면서 가만히 내버려 둘 그가 아니었다.

"태초의 바다에 잠식되어 잠들어라."

한 번도 발휘하지 않았던 권능, 태초의 바다를 펼쳤다.

그의 의지는 무형의 바다가 되어 주변을 잠식했고, 이 기운에 노출된 신들은 그 누구를 막론하고 소멸을 면치 못했다.

그것은 일부 병력들 또한 마찬가지였다.

광범위한 영역에 걸쳐 펼쳐진 권능에 의해 꽤 많은 주민과 입문자들이 죽음에 이르렀다.

물론 정훈과 준형의 경우엔 미리 그 범위 밖으로 피신해 있었던 덕분에 죽음을 면할 수 있었다.

—아, 안 돼. 이럴 순 없어!

수많은 신들이 일거에 쓸려 나갔다.

차원을 열기 위해선 아직도 많은 시간이 필요했던 라는 당황함을 숨기지 못한 채 떨어야만 했다.

신들의 아버지.

모든 만물 위에 선 자.

라는 태어난 이례로 항상 최고였다.

그 누구에게도 머리를 숙인 적도, 공포를 느낀 적이 없었던 그지만, 소멸을 눈앞에 둔 순간엔 결코 당당할 수 없었다.

─살려다오. 날 살려 주면 네가 원하는 모든 것을…….

목숨을 구걸하려 했다.

하지만 그 시도는 채 끝을 맺지 못했다.

"지랄하고 있네!"

어느새 접근한 호루스가 태양구를 그랬던 것처럼 라의 본체를 찌그러뜨렸다.

그그극.

엄청난 존재감을 뽐내던 본체가 찌그러져 아주 작은 구슬처럼 압축되었다.

놀라운 건 그것으로 끝나지 않았다.

다음 순간 경악할 만한 장면이 펼쳐진 것이다.

호루스는 작은 구슬이 된 라의 본체를 입안에 털어 넣었다.

"웩! 맛없어."

쓴 약을 먹은 것처럼 인상을 구긴 호루스.

신의 본체를 먹는다는 건 그 신이 지닌 모든 지위와 힘, 그리고 격을 흡수하는 의식과 같은 것.

새로운 태양신이 탄생하는 순간이었다.

"흐음, 속이 좀 더부룩한데."

줄곧 인상을 쓰던 그가 배를 쓰다듬었다.

하지만 조금 불편할 뿐 큰 이상은 없었다.

"자, 많이 기다렸지? 이젠 니들 차례야."

그의 목적은 신들을 소멸시키는 것만이 아니었다.

이곳에 있는 모든 생명체의 소멸. 아니, 그의 목적은 그보다 더 컸다.

"너무 억울해하진 마. 어차피 이 세계에 있는 모든 버러지 새끼들을 처리할 생각이니까."

호루스의 최종 목적은 모든 인간을 소거하여 새로운 세상을 창조하는 것이었다.

그렇기에 심판의 방에 있는 병력을 소멸시키는 건 첫 단추를 꿰는 작업에 지나지 않았다.

"호, 호루스, 그게 무슨 말이니? 난 너의 어미가 아니냐. 나, 나마저도 죽이겠다는 건 아니지? 그렇지?"

떨리는 음성과 함께 호루스를 향해 조심스럽게 접근했다.

다가오는 그녀를 바라보았지만, 지척에 접근할 때까지도 어떠한 제지도 없었다.

"그래. 넌 이 어미 말을 단 한 번도 어겨 본 적 없는 착한 아이였잖니."

그제야 이시스의 입가에 미소가 떠올랐다.

퍼엉!

그리고 한낱 고기 파편이 된 육신이 사방으로 비상했다.

"개소리는 지옥에서나 하시고."

아무 망설임도 없이 자신의 친어미, 이시스를 죽였다.

"으, 으아아!"

"난 죽고 싶지 않아!"

공포에 질린 사람들이 비명을 질러 댔다.

어미마저 죽이는 패륜아다.

그가 손을 쓴다면 이곳에 있는 모두가 죽음을 면치 못하리라.

"병신들 같으니. 발악해 봐야 소용없다는 걸 몰라?"

공포에 질린 사람들을 차갑게 응시하던 그가 머리 위로 팔을 치켜들었다.

쫙 펴진 손바닥에 태초의 기운과 태양의 기운이 섞여 들었다.

꽈악!

그리고 그가 손을 오므리자 공간이 찌그러졌다.

"차원이 붕괴된다."

낭랑한 외침과 함께 손에 쥔 스퀴테를 아래로 내리그었다.

휘오오오.

갈라진 차원 틈새 사이로 강력한 흡입력이 발생해 호루스의 권능을 빨아들였지만, 그건 무모하기 그지없는 시도일 수밖에 없었다.

태초의 힘은 모든 것을 무로 돌리는 것.

아무리 태고급 무구인 스퀴테의 격이 강력하다곤 하나 그것을 다루는 정훈의 현 능력으로는 역부족이었다.

"멍청한 놈, 그까짓 잔재주로 내 권능을 막을 성 싶으냐?"

그 사실을 알고 있었던 호루스가 코웃음 쳤다.

하지만 다음 순간 펼쳐지는 광경에 두 눈을 부릅뜰 수밖에 없었다.

"이, 이 무슨……!"

공간을 찌그러뜨리던 그의 기운이 말끔히 사라져 버렸다.

"그러니까 아무거나 집어먹으면 안 되지."

미소를 띤 정훈이 중얼거렸다.

순수한 태초의 기운이었다면 막지 못했을 것이다.

하지만 지금 호루스는 라가 지니고 있었던 태양의 기운을 삼킨 상태였으며, 아직 그 기운을 온전히 제 것으로 만들지 못했다.

그 말인 즉 호루스를 노릴 만한 유일한 시간이 바로 지금이라는 것이다.

태양의 기운으로 인해 혼탁해진 태초의 기운이 유지되는 30분, 정훈이 노리고 있었던 골든타임이었다.

"오라, 나의 군세들이여!"

확실한 죽음을 위하여 마신의 군세를 소환했다.

어둠의 공간을 찢고 나타나는 500의 악마들.

놀랍게도 그들은 평소와 달리 각종 무구로 무장한 상태였다.

그것은 정훈의 명에 의한 것이었다.

악마와 상성이 맞는, 개별적으로 지닌 능력을 증폭시켜 주는 아이템을 선별해 그들에게 착용시켰던 것.

본래는 인간 따위나 걸치는 거추장스러운 무구 따위를 거부했겠지만, 그간의 정신 교육은 불가능을 가능으로 만들어 주었다.

"녀석을 죽여!"

호루스를 가리킨 정훈의 명에 악마들이 뛰어올랐다.

공간을 뛰어 넘은 그들의 손에서 검고 붉은, 사이한 기운이 쏟아졌다.

콰앙.

선두로 달려가던 악마들이 반대 방향으로 튕겨져 나갔다.

썩어도 준치다.

비록 라의 기운에 의해 혼탁해지긴 했어도 태초의 힘은 악마들이라 해도 감당하기 힘든 종류였다.

그럼에도 누구 하나 물러서지 않았다.

설사 소멸에 이른다 해도 정훈의 명이 있기 전까지는 공격을 멈추지 않을 것이다.

'희생은 어쩔 수 없지…….'

이를 지켜만 보는 정훈이라고 마음이 편한 게 아니었다.

그의 군세에 포함된 악마는 모두가 고위급 악마들이었다.

그들의 소멸은 곧 전력의 약화를 의미하는 것이기도 했거니와 보충하기도 쉽지 않은 존재이기에 입맛이 쓸 수밖에 없었다.

하지만 반드시 해야만 하는 일이다.

혼탁해진 기운을 더욱 혼탁하게 하려면 태초의 힘을 계속소진 시켜야만 했기 때문이다.

정작 호루스 본인은 모르겠지만, 태양의 기운은 계속해서그의 내부를 잠식하는 중이었다.

단 30분 정도의 휴식 시간이 주어졌다면 아무런 무리 없이이를 흡수할 수 있었을 것이다.

하지만 쉴 틈 없이 몰아치는 악마들의 공세에 계속해서 태초의 힘을 소비하고 있었다.

그리고 그것이 바로 정훈이 노리는 바였다.

"괴물 새끼들, 당장 내 앞에서 꺼져!"

악마들의 사이한 기운을 느낀 호루스가 더욱 강력한 권능을 발휘했다.

그의 몸 주변으로부터 퍼진 태초의 힘이 원의 형태를 그리며 뻗어 나갔다.

퍼퍼펑!

기운에 닿은 악마들에게서 폭발이 일어났다.

단순한 폭발이 아닌, 단련된 육신을 고깃덩어리로 만들 만큼 강력한 힘이었다.

눈 깜짝할 새 50의 악마들이 소멸에 이르렀다.

"크으!"

신음을 흘린 호루스가 한쪽 무릎을 꿇었다.

몸속에서 충돌하는 두 가지 기운으로 인해 내부가 뒤틀리고 있었다.

태어나 처음으로 느껴 보는 고통은 정신을 아득하게 만들었다.

더할 나위 없는 절호의 기회. 두려움을 모르는 악마들이 동시에 달려들었다.

본인의 권능, 그리고 무장하고 있는 무구의 격을 이용한 힘의 폭풍이 호루스를 향해 몰아닥쳤다.

자신을 향한 기운을 바라보던 호루스는 뒤틀리는 고통에 눈앞이 깜깜한데도 몸을 일으켰다.

여기서 죽을 수 없다는 일념으로 기운을 뽑아내어 사방으로 흩뿌렸다.

고작 발작적으로 내뿜은 기운은 자신을 향한 모든 악마들의 공세를 잡아먹어 버렸다.

괜히 모든 것을 무로 돌리는 힘이 아닌 것이다.

하지만 그 대가는 컸다.

몸 안을 가득 채우고 있어야 할 태초의 기운이 대다수 소진되어 버렸다.

무한한 양을 자랑하는 힘이 사라진 건 내부에서 끊임없이 열기를 발산하는 태양의 기운 때문이었다.

바다의 형태를 띤 태초의 기운이 태양의 기운에 의해 증발되어 버렸다.

그리고 그것은 정훈이 노리던 때이기도 했다.

쨍그랑!

빈 물약 병이 지면으로 떨어지며 깨졌다.

사방으로 비상하는 파편 사이로 언뜻 보이는 건 짙은 갈색의 액체였다.

그것은 조금 전 정훈이 삼킨 대지의 선물이라는 전설급 물약의 흔적이었다.

이 물약의 효과는 딱 하나였다.

바로 복용한 자의 모든 능력을 대지 속성으로 전환하는 것.

"내리쳐라."

마침내 단절된 차원에서 나온 정훈이 묠니르를 번쩍 치켜든 채 외쳤다.

콰아아.

엄청난 너비를 자랑하는 대지 속성의 번개가 호루스를 강타했다.

창졸지간에 벌어진 습격이었다.

하지만 고통 속에서도 수상쩍은 기운을 감지한 호루스가

머리 위로 둥근 기의 방어막을 생성해 방어를 해냈다.

정말 놀라울 정도의 반사 신경이었으나, 그 방어마저도 정훈의 예측 범위 안이었다.

"마구 내리쳐라."

하늘에선 대지의 힘을 품은 번개가 쏟아지고, 좌우 사방에선 악마들의 공세가 압박했다.

그 모든 공격은 오직 호루스 하나를 위한 것이었다.

"이익!"

물론 호루스의 저항도 만만치 않았다.

모든 힘을 쥐어 짜낸 그의 기운이 사방으로 뻗어 나가며 모든 것을 무로 돌렸다.

"으으으."

고래 싸움에 새우 등이 터진다.

호루스와 정훈 그리고 악마들의 격돌에 휩쓸린 병력들이 할 수 있는 일이란 건 그저 공포에 질린 비명을 내지르는 것뿐이었다.

준형이나 그의 동료들을 제외하면 구할 생각이 없다.

이런 정훈의 방치에 의해 수많은 병력이 무로 화했다.

"크아아!"

한동안 대치 끝에 돌연 비명을 지른 호루스가 고통에 몸부림치기 시작했다.

그의 몸에서부터 뿜어져 나온 주황색 광채를 확인한 정훈의 눈에서 이채가 번뜩였다.

마침내 태양이 태초를 압도한 상태.

지금 저대로 내버려 둔다면 태초와 태양의 기운, 그 모든 것을 지닌 진정한 유일신이 탄생하게 될 것이다.

이곳에 있는 모든 존재를 손가락 하나 까닥하는 것만으로 소멸시킬 수 있는 진정한 괴물이지만, 반대로 그를 처치할 수 있는 유일한 기회이기도 했다.

두 기운이 하나로 융합되기 직전, 호루스는 마치 갓 태어난 아이와 같은 나약한 상태가 되었다.

"나의 신하 72마신은 계약을 이행하라!"

시험을 위해 마신의 계약을 발현했다.

-5권좌의 마신 마르바스가 왕의 요청에 응함.

-마르바스의 권능 '집중 포화' 부여.

'좋아!'

마침 적당한 권능에 환호했다.

그리고 머뭇거리는 일 없이 곧장 부여받은 권능을 발휘했다.

챠르륵.

정훈의 주변으로 최첨단 무기가 생성되었다.

대포, 기관총, 박격포 등 현대에서나 볼 법한 무기 수백 개.

5권좌의 마신 마르바스는 이계의 최첨단 지식, 특히 기계를 다루는 일에 능했다.

그의 권능 또한 그 지식에 영향을 받아 최첨단 무기를 소환하는 것이었다.

이계에선 볼 수 없었던 무기의 총구가 호루스에게 향했다.

마치 갓난아이처럼 몸을 둥글게 만 그의 몸 주변으로 주황색과 회색의 기운이 보호막을 치고 있었다.

"집중 포화."

단 한 톨도 남김없이 모든 마력을 쏟아부은 권능.

콰콰콰쾅!

포격이 보호막을 두드렸다.

하지만 소리만 요란할 뿐 호루스에게 티끌의 타격조차 줄 수 없었다.

그 단단함이야 말해 무엇하랴.

이미 예상하고 있었던 바였던 정훈은 당황하지 않았다.

다만 보관함에서 꺼낸 포도를 한입에 삼킬 뿐이었다.

꿀꺽.

혀에 닿는 순간 마치 액체처럼 술술 넘어갔다.

이 위급한 상황에서 평범한 포도를 먹을 턱이 없지 않은가.

그것은 포도처럼 생긴 불멸급 소비 아이템인 암브로시아였다.

일전에 사용했던 넥타르가 신들의 음료라면 이 암브로시

아는 신들의 음식이었다.

1분간 마력의 량을 무한히 늘려 주는 건 넥타르와 동일하나 그보다 한 단계 더 높은 등급의 아이템답게 추가 효과가 있다.

마력의 양을 50퍼센트 증가시키는 것.

그렇지 않아도 탈에 달한 마력이 더욱 증가되었다.

"뭘 보고만 있어? 빨리 공격해!"

손 놓고 있던 악마들에게 명했다.

미리 언질을 받은 바 있었던 악마들이 각자 발휘할 수 있는 최대한의 권능으로 정훈을 공격했다.

"왕의 반지 앞에 모든 마의 기운은 흩어지니."

시커먼 기운이 솔로몬의 반지로 흡수되었다.

그러나 그 한 번으로 끝이 아니었다.

재차 이어지는 악마들의 공격마저 흡수했다.

반지에서 뿜어져 나오는 청색 빛이 청색을 넘어 검은색에 가까워진 순간이었다.

"정화된 마기는 왕의 힘이 될지어다."

반지 속에 저장된 마기가 몸속으로 들어왔다.

—솔로몬 왕의 '심판' 획득.

저번과 마찬가지로 솔로몬 왕의 스킬을 획득할 수 있었다.

혜안이 회피 능력을 극대화시키는 능력이라면 심판은 강력한 한 방의 공격 스킬이다.

"죄인은 심판을 받으라."

암브로시아로 증가된 모든 마력을 쏟아부어 솔로몬 왕의 권능을 재현했다.

와장창!

하늘이 무너져 내렸다.

유리처럼 깨어진 그 틈새 사이로 나타난 건 황금빛 광채를 뽐내는 판사봉이었다.

빙글빙글 회전하며 하강하는 그것은 강력한 신성의 기운을 품고 있었다.

분명 더할 나위 없이 강력한 권능.

하지만 정훈은 그것으로 만족하지 않았다.

"집중 포화."

어느새 다시 차오른 마력을 쏟아부어 마르바스의 권능을 다시 한 번 발현했다.

콰앙!

솔로몬 왕의 심판과 5권좌의 마신, 마르바스의 집중 포화.

이 두 가지 권능이 호루스의 보호막을 강타했다.

그리고 드러나는 광경 속에서도 여전히 호루스의 보호막은 건재했다.

아니, 변화가 있었다.

그 무엇으로도 뚫을 수 없을 것만 같았던 호루스의 보호막에 균열이 일어났다.

한 번 시작된 균열은 걷잡을 수 없이 주변으로 퍼져 나갔다.

파창!

그리고 마침내 깨어졌다.

유일신이 될 수 있는 절호의 기회를 놓친 호루스가 지면에 몸을 누였을 때 정훈은 이미 그를 지척에 두고 있었다.

그 누구보다 편안한 미소를 띤 호루스의 모습을 잠깐 바라보던 정훈은 품속에서 검은 광택의 도리깨를 꺼내 들었다.

그건 곡식의 낟알을 받는 데 쓰는 농기구가 아니었다.

황금색과 푸른색이 섞인 그것은 오시리스가 생전에 중요 의식에 사용하던 그의 보물이었다.

물론 단순한 보물이 아니다.

그의 육신 조각을 찾던 중 발견한 퀘스트 아이템으로 이 도리깨의 역할은 하나였다.

퍼억!

힘껏 내리친 도리깨가 호루스의 머리를 부수자…….

-추가 시나리오 감지.

-오시리스의 복수를 위한 모든 조건 달성

-죽음의 신 오시리스 강림.

오직 정훈에게만 전해지는 알림이 있었다.

오시리스의 복수

내용 : 혈육의 육신을 통해 부활한 오시리스. 죽음의 신이 되어 돌아온 그를 제거하라!
제한 시간 : 없음
성공 보상 : 무작위의 오시리스 스킬 중 하나
실패 벌칙 : 세계의 종말

힐끗 퀘스트 창을 응시한 정훈은 라가 떨어뜨린 전리품을 회수했다.

그러곤 정면을 주시했다.

어느 순간 장내를 잠식해 버린 검은 입자가 모여 거대한 관을 만들었다.

쿠웅!

공중에 떠 있던 관이 지면과 추돌하며 뚜껑의 틈새가 벌어졌다.

"으으으."

"갑자기 한기가……."

생존 병력의 대다수가 스며드는 한기에 몸을 떨었다.

관의 틈새 사이로 새어 나온 한기는 그들이 저항할 수 있는 종류의 것이 아니었다.

끼이익.

마침내 관이 열리고, 그곳에서 모습을 드러낸 존재.

그는 인간이었다.

하지만 보통의 인간과는 다르다.

성인 남성의 평균적인 체구를 지닌 그는 놀랍게도 온몸이 짙은 녹색으로 물들어 있었다.

머리엔 두 개의 깃털이 장식된 붉은 모자를, 오른손에는 도리깨, 왼손에는 갈고리를 쥔 의문의 인물은…….

"오시리스!"

오직 정훈만이 그의 정체를 파악하고 있었다.

그도 그럴 게 오시리스를 소환한 장본인이 바로 그였기 때문이다.

나의 피를 도리깨에 묻혀라. 그럼 다시 부활하게 되리라.

이것은 14개로 나뉜 오시리스의 육신을 찾아 완성할 수 있는 문장이었다.

그의 부활을 원하고 있었던 정훈은 처음 이 문장을 접하곤 당황을 금치 못했다.

그를 죽음의 신으로 소환할 유일한 방법이 사실은 쓸모가 없다는 사실을 깨달았기 때문이다.

오시리스의 피라니.

이미 오랜 세월이 지나 말라비틀어진 육신에서 무슨 피를 구할 수 있단 말인가.

절망적인 상황이었지만 정훈에게 포기란 없었다.

난이도는 극악할지언정 불가능한 시나리오는 없음을 그간의 경험을 통해 익히 알고 있었기 때문이다.

오랜 고심 끝에 얻은 해답은 호루스였다.

피라는 게 단순히 단어 의미의 피가 아니라 혈육에도 통용되는 게 아닐까.

예상은 적중했다. 호루스의 죽음은 오시리스를 소환할 수 있는 매개체였고, 지금 눈앞에 그 증거가 나타난 것이다.

하지만 마냥 기뻐할 수만은 없었다.

검은자위가 전혀 없는 오시리스의 백안이 주변을 훑었다.

털썩.

그의 시선이 훑고 지나간 자리엔 어김없이 병사들의 시체가 생겨났다.

그저 시선이 닿는 것만으로 죽음에 이르게 하는 힘.

그것이 바로 죽음의 신이자 저승의 재판관인 오시리스의 권능안 '심판관의 눈'이다.

대상이 품은 죄악감을 폭발시킨다.

물론 죄악감의 크기에 따라 받는 피해가 달라지지만, 티끌만큼의 죄도 저지르지 않은 성인聖人이 아닌 이상에야 죽음에 이를 수밖에 없는 무서운 권능이었다.

눈 깜짝할 새 생존자의 절반 이상이 쓰러졌다.

그 시선은 모든 이들을 죽일 때까지 멈추지 않을 기세였으나 갑자기 한곳에서 멈췄다.

오시리스의 시선 너머로 마신의 군세가 보였다.

거듭된 시선에도 심판관의 눈은 작동하지 않았다.

아니, 작동하지 않은 게 아니라 소용이 없는 게 맞다.

그들이 악마라는 존재이기 때문이다.

악마는 순수한 악의 성향을 지닌 존재.

지금껏 벌여 온 살육에 대해 죄악감을 느낄 이유가 전혀 없었던 것이다.

그렇다면 군세의 선두에 선 정훈은 왜 영향을 받지 않는 걸까.

공감을 하지 못하는 사이코패스라서? 아니, 그도 평범한 사람이었다.

으적.

그럼에도 권능에 영향을 받지 않을 수 있었던 건 지금 섭취하고 있는 보리수 열매 덕분이었다.

전설급 소비 아이템인 이것은 깨달음을 얻은 어느 성인의 권능이 깃든 것으로, 복용한 자에게 마음의 평온을 가져다 준다.

모든 정신 공격에 대한 면역.

심판관의 눈 또한 정신 공격의 일종이었기 때문에 이를 피해 갈 수 있었다.

콰콰콰콰쾅!

미리 준비하고 있었던 정훈의 집중 포화가 오시리스 주변을 강타하자 뒤이어 피어 오른 자욱한 검은 연기가 시야를 가렸다.

"녀석이 움직이지 못하도록 막아."

최초의 공격 이후 정훈은 후방으로 물러났고, 그의 자리를 대신해 악마들이 날뛰며 오시리스를 견제했다

급히 발걸음을 옮긴 곳은 준형이 있는 곳이었다.

"준비는?"

"끝났습니다."

물음에 곧장 답이 나왔다.

이미 지금의 상황에 대해 의견을 교환한 뒤였던 것.

정훈의 눈이 준형을 지나 대열을 맞춘 선두의 기사들에게 향했다.

굳은 결의로 다져진 그들은 짙은 보라색 액체가 찰랑대는 물약 병을 하나씩 쥐고 있었다.

아무리 봐도 일반적인 물약과는 다르다.

지금 그들이 쥐고 있는 건 독약, 그것도 순식간에 즉사에 이르는 '메두사의 눈물'이었다.

"시작해!"

정훈이 외치자 250명 전원이 메두사의 물약을 들이켰다. 그 움직임에는 떨림은 있을지언정 망설임은 없었다.

"크허억!"

"우윽!"

독약을 마신 이들이 고통을 호소하기 시작했다.

그도 그럴 게 메두사의 눈물은 복용하고 난 후 정확히 10초가 지나면 온몸의 피가 굳어 석화石化 상태에 빠진다.

죽음에 이르기까지 고작해야 10초밖에 남지 않은 상황이었다.

"10, 9, 8, 7, 6, 5, 4, 3, 2, 지금!"

정확히 초를 세고 있던 준형은 2초가 남은 상황에 신호를 보냈다.

까득.

고통 속에서도 그의 말에 집중하고 있었던 이들이 어금니 사이, 캡슐 형태의 해독약을 깨물었다.

그러자 목 끝까지 진행되었던 석화가 서서히 풀리기 시작했다.

독을 먹고 죽음에 이르기 직전 해독약을 먹는다.

이 기괴한 현상을 응시하고 있던 정훈의 시선이 이내 뒤쪽의 오시리스에게 향했다.

"으음."

신음이 새어 나왔다.

교전이 시작된 지 이제 고작 1분이 지나가고 있을 무렵이었다.

그런데 그 짧은 시간 동안 벌써 수십의 악마가 소멸한 뒤였다.

예상을 훨씬 웃도는 강력한 힘에 몸이 떨렸다.

'효과는?'

하지만 이내 정신을 차렸다.

예상을 넘긴 했으나 어차피 대적할 수 없는 상대라는 건 매한가지다.

지금은 압도적인 힘에 감탄하고 있을 때가 아니었다.

정훈의 시선은 오시리스의 등 뒤에 떠오른, 녹색 안개로 뭉쳐진 해골에 고정되었다.

오시리스가 내뿜은 기운은 해골의 형태를 띤 채 그의 등 뒤에 떠다니고 있었다.

그 개수는 정확히 4개.

'하나가 줄었다!'

분명 처음 나타났을 땐 5개였던 해골이 1개가 줄어 4개가 되어 있었다.

효과를 확인하게 되자 비로소 안심했다.

사실 오시리스는 일반적인 방법으로는 상대할 수 없는 특수한 적이었다.

죽음을 다스리는 신.

당연히 죽음을 위한 공격 행위는 그에게 어떠한 피해도 줄 수 없었다.

아니, 오히려 죽음에 가까울수록 그는 더욱 강해진다.

그 사실은 악마들의 공세를 맨몸으로 받아 내면서도 표정 하나 변하지 않는, 되레 더욱 강력해진 힘으로 반격하는 모습을 통해 쉽게 확인할 수 있었다.

공격을 할 수 없는데 어떻게 죽여야 하는가.

이를 알아내기 위해 5막에 존재하는 모든 고서적을 독파했으나 그 어디에도 죽음의 신을 제거할 방법을 찾을 수 없었다.

결국, 할 수 있는 일이란 거 몸으로 때우는 것뿐.

오시리스를 향한 수백 번의 도전과 연이은 실패가 거듭되었다.

수확이 아예 없었던 건 아니었다.

동료들을 살리는 과정 중 우연히 발견한 사실은 죽음의 신에게 타격을 주려면 '치유'라는 특수한 행위가 필요하다는 것이다.

특히 죽음 직전의 대상을 치유하면 할수록 그 피해는 더욱 커진다는 사실을 확인할 수 있었다.

방법은 알아냈다.

문제는 이를 실천할 방법이 없다는 사실이었다.

오시리스에게 타격을 주기 위한 치유, 해독 물약을 구하는 게 그리 만만치가 않았다.

효과가 미비한 중하급의 물약은 그리 소용도 없었고, 최소한 성물급 이상의 것이 필요했는데 이 희귀한 걸 수백 개 이상 구비하는 게 사실상 불가능했던 것이다.

방법은 알아냈으나 이를 실천하기 위한 재료를 공급하지 못해 오시리스 공략은 실패로 돌아갔다.

하지만 한주먹이 지니고 있었던 모든 아이템을 지니게 된 지금은 다르다.

특히 오시리스의 존재를 파악하고 있었던 그는 각종 물약을 수집하는 데 힘을 기울였고, 그 노력의 결과 보관함에는 엄청난 물량이 쌓여 있었다.

"멈추지 마. 계속해!"

채찍질이 시작되었다.

조금 전 죽음의 강을 건너온 이들에겐 잔혹한 짓이라 할 수 있을 것이다.

하지만 선택의 사항이 없었다.

어차피 이 방법이 아니면 모두가 오시리스의 손에 죽음을 맞이할 수밖에 없기 때문이다.

미리 이런 사실에 대해 언질을 받은 기사들은 불평 한마디 하지 않았다.

죽음보다는 조금 고통스러운 게 낫기 때문이다.

꿀꺽꿀꺽.

동시에 물약을 삼켰다.

이번에는 보라색이 아닌 녹색 빛을 띤 액체였다.

아라크네의 타액이라는 맹독 중 하나.

이 역시 성물급 소비 용품으로 복용한 후 5초가 지나면 한 줌 핏물로 화하는 극독이었다.

"5, 4, 3, 2, 지금!"

이번에도 역시 준형의 신호에 따라 해독약을 삼켰다.

온몸이 굳는 것도 대단히 고통스러웠지만, 내장이 다 녹아내리는 이번 고통과 비견할 바가 아니었다.

"허억, 허억."

"주, 죽겠다."

고통으로 인해 온몸이 땀범벅이었다.

"계속, 계속해."

하지만 정훈의 재촉에 쉴 틈 따윈 없었다.

다양한 종류의 독과 이를 해독할 물약이 차례로 사용되었다.

적과 싸운 것도 아니고, 몸을 심하게 움직인 것도 아니지만 그 반복되는 행위에 모두가 지쳐 갔다.

파악!

마지막까지 사력을 다하던 아자젤이 오시리스의 손에 으스러졌다.

300이 넘던 고위급 300이 넘던 고위급 악마가 5분을 버티지 못한 채 사라진 것이다.

하지만 마냥 위험한 상황은 아니었다.

마신의 군세가 쓰러진 동시에 오시리스의 등 뒤를 장식한 마지막 1개의 해골 형상이 사라졌기 때문이었다.

5개의 해골은 오시리스가 지닌 죽음의 신으로써의 격.

그것을 잃어버렸다는 건 신의 권능을 상실했다는 것을 의미하는 것이다.

"개새끼, 넌 이제 뒈졌어!"

지금껏 참아 왔던 속마음을 드러냈다.

오시리스 하나를 잡기 위해 얼마나 많은 희생을 해야만 했던가.

능히 하나의 시나리오를 초토화할 군세가 사라지고, 1천 개가 넘는 성물급 물약도 증발했다.

물론 대를 위한 소의 희생이라지만, 이 정도나 되는 손해에 분노할 수밖에 없었다.

"태양이 떠오르니, 모든 존재를 멸하리라."

새롭게 태양의 신이 된 호루스를 죽이고 얻은 스킬북의 정체는 라의 최종 오의이기도 한 태양구였다.

조금 전, 누구도 몰래 그것을 습득한 정훈은 모든 마력을 쥐어 짜내어 스킬을 발현했다.

태양은 빛이요, 죽음은 어둠이다.

공교롭게도 죽음의 가장 상극이 되는 속성 스킬이 정훈의 손에 들어간 것이다.

고오오.

찬란한 황금빛을 띤 구가 주변의 대기를 태웠다.

심상치 않은 기운을 눈치 챈 오시리스가 다급히 어둠의 장막을 펼쳤으나…….

쾅!

격을 상실한 그 힘은 처음과 비교해 나약하기 그지없었다.

어둠의 장막을 형편없이 박살내 버린 태양구는 여전히 위력을 잃지 않은 채 오시리스의 육신과 충돌했다.

Chapter 5

-추가 시나리오 종료.

새로운 알림이 귓가를 파고들었다.

엄청난 열기를 지닌 태양구는 오시리스를 흔적도 남기지 않은 채 소멸시켰다.

어떻게 보면 참으로 허망한 죽음이었다.

하지만 그 과정을 보면 결단코 쉽지만은 않은 일전이었다.

애초에 그 누가 있어서 1천 개가 넘는 성물급의 물약을 소지할 수 있을 것이며, 오시리스를 상대로 5분의 시간을 벌 수 있단 말인가.

결국, 정훈이기에 해낼 수 있었던, 오직 그만을 위한 무대였다.

　─마침내 죽음이 꺾이고, 세계는 죽음의 굴레에서 벗어났다. 그 누구도 해내지 못한 불가능의 영역을 정복한 입문자에게 찬사를 보내며 '언령 : 불사자不死者' 각인
　─오시리스의 속박에서 벗어난 죽음이 입문자에게 깃듦. '스킬 : 사지死地' 습득
　─불세출의 업적을 이룬 입문자에게 모든 능력치 1단계 격상의 축복을.

'맙소사!'
아직 전리품은 회수하지도 않았지만, 시나리오를 완료한 보상만으로도 든든하기 그지없었다.

언령 : 불사자

획득 경로 : 추가 시나리오, 오시리스의 복수 완료
각인 능력 : 죽음에 이르는 공격에 대해 1회의 회피권 부여(단, 이 능력은 한 번 발동하면 소멸됨).

사지(패시브)

효과 : 100미터 내의 모든 적 능력치 25퍼센트 감소, 50퍼센트의 확률로 2배 피해 적용
설명 : 속박에서 벗어난 죽음의 일부가 입문자의 곁을 맴돈다. 이 기운에 노출된 생명체는 두려움에 떨며 감히 고개조차 들 수 없을 것이다.

스킬도 사기적이라 할 만했지만, 언령에 비할 바는 아니

었다.

'예비 목숨이라 이건가.'

어느 세계, 차원을 막론하고 모두에게 공평한 것이 있다면 목숨은 하나라는 것이다.

하지만 불사자라는 언령은 예비 목숨을 보장해 준다.

물론 고작 1회성에 불과하나 목숨이 하나 더 있다는 건 그 어떠한 단점을 상쇄하고도 남는다.

"우왓!"

정훈이 보상을 확인하고 있을 무렵, 주변에서도 난리가 났다.

그들은 너무 놀라 비명을 질러 댔지만 그건 나쁜 쪽이 아니라 좋은 의미였다.

살아남은 입문자 2천 명. 그들에게도 시나리오 완료 보상이 돌아간 것이다.

기존 시나리오가 철저한 활약에 따른 분배 원칙이었다면 오시리스의 복수는 생존하는 것만으로도 꽤 훌륭한 보상을 얻을 수 있었다.

물론 시나리오를 완료하는 데 직접적으로 관여한 정훈의 보상과는 비교할 수 없겠지만, 그래도 지금껏 얻은 모든 보상을 합친 것보다 좋은 것이라 할 만했다.

모두가 희희낙락이다.

그중에서도 가장 벅찬 감격에 빠져 있는 무리는 바로, 준형과 그의 동료들이었다.

"이게 꿈이야, 생시야?"

"미쳤네. 미쳤어."

그들은 마치 넋이 나간 것처럼 중얼거렸다.

그도 그럴 게 들어온 보상이 상상을 초월했기 때문이다.

오직 생존으로만 보상을 받은 다른 입문자와 달리 반복된 독과 해독으로 오시리스의 죽음에 일조를 했기 때문에 더욱 좋은 보상을 얻은 것이다.

그들의 보상은 그것으로 끝이 아니었다.

주변 사물이 급격히 바뀌며 본래의 모래사막으로 돌아온 순간이었다.

"와!"

다시 한 번 환호성이 터져 나왔다.

추가 시나리오의 끝은 곧 메인 시나리오의 완료를 뜻한다.

정훈의 양보로 엄청난 활약도를 달성한 준형과 동료들은 상당한 보상을 챙길 수 있었다.

2개 시나리오의 보상을 챙긴 그들의 전력이 단숨에 껑충 상승한 것이다.

'이걸로 대충 구색은 맞췄군.'

다음 시나리오에 대비해 구색은 맞춰 놓은 셈이었다.

─제5 시나리오, 라의 복수 종료.

아이템
매니아

－제6 시나리오 포털 작동.

　－바하리야 사막 중앙에 포털 생성.

　－포털 종료까지 남은 시간 9시간 59분 59초.

　입문자들이 모인 중앙으로 6막으로 향하는 포털이 생성되었다.

　"정훈 님."

　가까이 다가온 준형이 지시를 바라는 눈빛으로 바라보았다.

　"가자."

　아직 시간의 여유는 있지만, 더는 5막에서 할 일이 없었다.

　정훈이 포털 너머로 모습을 감추자 남은 준형과 동료들 또한 그의 뒤를 따랐다.

✦

　－제6 시나리오, 늑대와 나약한 입문자들 시작.

　－특정 몬스터나 주민들을 제거해 자제를 획득하고, 더욱 견고한 터를 만들어야 함.

　눈을 뜨자마자 귓가에 파고드는 알림이 있었다.

　어차피 예상하고 있었던 것이었다.

　그는 태연히 주변을 돌아보았다.

"이게 뭐야?"

"터를 만들라고?"

당황한 채로 두리번거리는 무리가 시야에 들어왔다.

낯익은 얼굴들은 다름 아닌 협력 길드, 아니, 이제는 어스라는 연합군으로 뭉친 이들이었다.

6막은 지금까지완 다르게 같은 포털로 이동한 모두가 같은 공간에 떨어진다.

"준형."

"네!"

정훈의 부름에 곧바로 반응한 준형이 공손한 자세로 옆에 섰다.

"믿을 만한 녀석으로 100명만 추려."

"신뢰가 우선입니까, 실력이 우선입니까."

"신뢰와 실력 전부 괜찮은 녀석 기준으로."

"5분만 기다려 주십시오."

그 말을 남긴 준형이 입문자들에게 섞였다.

잠시 그 모습을 바라보던 정훈이 시선을 거두었다.

5분. 그 짧은 시간 동안 해야 할 일이 남아 있었다.

보관함을 열었다.

칸칸이 나뉜 수많은 아이템 중 원하는 것을 머리에 떠올리자 그것이 곧 손에 쥐어졌다.

화르르.

손에서 전해지는 강렬한 불의 기운.

그가 꺼낸 건 넘실대는 화염을 품은 붉은 공, 바로 화염 골렘의 핵이었다.

'이놈을 잡느라 진땀을 뺏었는데.'

지금은 핵밖에 존재하지 않지만, 본래 이것을 지니고 있었던 파이어 골렘은 정말 강력하기 그지없는 괴물이었다.

아니, 녀석도 녀석이지만, 만나러 가는 길 자체가 험난했다.

현재 그들이 머물고 있는 숲의 북쪽, 난이도 최상급 지역 중 하나인 화룡의 둥지를 지키는 강력한 적들을 상대해 가며 길을 뚫어야 하는 것이다.

'지금은 일도 아니지.'

하지만 그 모든 게 옛날 일일 뿐이다.

지금의 무력이라면 4대 마룡은 물론 최상위의 '녀석'을 잡는 것도 가능하리라.

물론 그전까진 대충 쓸 만한 것, 파이어 골렘의 핵을 사용하는 수밖에 없었다.

핵을 손에 쥔 그가 빠른 걸음으로 이동했다.

마침내 걸음을 멈춘 곳 지면에는 핵을 놓을 수 있는 틀이 파여 있었다.

그 틀 안에 핵을 내려놓았다.

-파이어 골렘의 핵 감지.

－아지트의 메인 코어를 파이어 골렘의 핵으로 설정함.

그러자 평범한 갈색의 지면이 붉게 변하기 시작했다.

마치 물에 풀어 놓은 붉은 물감처럼 순식간에 영역을 확장해 반경 500미터까지를 붉게 수놓았다.

메인 코어는 아지트의 심장으로, 여러 가지 역할을 하지만, 그중 가장 중요한 건 아지트의 규모를 결정하는 것이었다.

지금 붉게 변한 500미터 영역이 파이어 골렘의 핵에 할당된 규모였다.

물론 이보다 더 희귀한 것을 메인 코어로 설정한다면 더 큰 규모의 아지트를 가질 수 있겠지만, 현재의 정훈에겐 없는 품목이었다.

그의 게임 캐릭터 한주먹은 상위급 정도의 실력자로, 각 시나리오의 최상위 아이템을 얻는 데 성공하지 못했었다.

하지만 지금은 다르다.

시간만 들인다면 최상위의 아지트인 성을 얻는 것도 가능할 터.

단지 지금 하려고 하는 건 성을 얻기 전까지 사용할 임시 아지트를 만드는 것이었다.

파이어 골렘의 핵을 시작으로 골조는 와이번의 뼈, 주재료는 흑암괴黑巖怪의 파편을 선택했다.

원래 지니고 있었던 재료를 이용하자 순식간에 근사한 저택 하나가 만들어졌다.

예전 캐퓰렛 가문의 저택과 같은 대저택이 완성됐다.

그도 그럴 게 재료로 쓰인 모든 아이템이 상급의 것이기 때문이었다.

"우, 우와!"

"이게 아지트?"

순식간에 완성된 대저택에 모두가 어안이 벙벙한 표정이었다.

하지만 아직 완성작이 아니다.

저택의 곳곳에 편의용 아이템을 설치했다.

귀환의 서에 위치가 등록되는 집결의 깃발, 주변 100미터 내에 적대적인 존재가 나타날 경우 소릴 내는 경보 장치, 그리고 50미터 내의 적을 공격하는 방어용 쇠뇌 탑까지.

웬만한 적의 공세를 막아 낼 수 있는 요새가 완성되었다.

"말씀하셨던 100명을 선별했습니다."

준형이 다가왔다.

이 철옹성의 요새를 만드는 데 고작 5분도 걸리지 않았던 것이다.

한주먹이 지니고 있었던 아이템이 없었다면, 아무리 정훈이어도 불가능한 일이었다.

"받아."

정훈은 가타부타 말없이 종이 하나를 건넸다.

준형에게는 너무도 익숙한 일인지라 덤덤하게 건네는 그것을 받았다

"이건?"

종이를 펴 봤으나 용도를 알아낼 수 없었다.

흰 종이에는 그저 푸른색과 붉은색 점이 찍혀 있을 뿐이었다.

"너희가 가야 할 목적지를 표시한 지도."

지도라는 말에 준형의 얼굴에 당혹감이 어렸다.

지도가 무엇인가.

공간의 표상을 일정한 형식을 이용해 표현한 것이다.

하지만 정훈이 건네준 지도는 이러한 지도의 정의가 무색할 정도로 너무도 단순하기 그지없었다.

"쯧, 귀한 걸 알아보지도 못하는 안목하고는. 그런 멍청한 얼굴 할 생각일랑 말고 일단 움직여 봐. 그럼 그 지도의 가치를 알 수 있을 테니."

혀를 차는 그의 말에 더는 의문을 제기하지 않았다.

다만 행동으로 옮길 뿐이었다.

"아!"

100미터 정도를 나아간 준형의 입에서 감탄사가 새어 나왔다.

지도 안에 있는 푸른색 점이 그의 이동에 따라 미약하게

움직인 것이다.

푸른색 점은 단순한 점이 아니었다.

그의 이동 지점을 표시해 주는, 현대 문명의 GPS와 흡사한 역할이라 할 수 있는 것이었다.

"그럼 이 붉은 점은……."

"너희가 가야 할 목적지."

어느새 접근한 정훈이 말을 받았다.

"정훈 님은 함께 이동하시지 않는 겁니까?"

"난 따로 해야 할 일이 있어서. 너희끼리 다녀와. 그리 쉬운 여정은 아닐 테니 각오 단단히 하고."

빈말이 아니다.

정훈이 지정한 목적지는 풍룡의 언덕, 그곳에 서식하는 몬스터 중에서도 포식자로 군림하고 있는 만티코어의 보금자리였다.

만티코어는 가장 까다로운 비행 몬스터인 데다가 코에서는 공포를, 입에서는 질병을 뱉어 내는 강력한 권능의 괴물로 현재의 준형과 동료들이 감당하기엔 조금은 벅찬 수준이라고 볼 수 있었다.

'그간 해 준 게 있는 데 이 정도는 해 줘야지.'

어김없이 시작된 시험.

물론 준형은 이러한 정훈의 의도를 어느 정도는 파악한 상태였다.

"실망시키는 일은 없을 겁니다."

"그거야 두고 보면 알겠지."

의미심장한 정훈의 말에도 미소로 화답했다.

그간의 시련은 준형이란 조그만 인간을 크게 성장시켜 놓았다.

이제는 그에게도 여유라는 것을 찾아볼 수 있었다.

정훈에게서 시선을 거둔 그는 입문자들을 둘러보곤 크게 소리쳤다.

"모두 모여 주십시오!"

준형과 100명이 해야 할 일은 정해졌으나 나머지 2,400명에게 할당된 게 없었다.

그들의 작업 지시는 정훈이 아닌 온전히 그의 몫이다.

주변 지리 파악과 정찰, 그리고 아지트의 보호 임무 등을 적절히 분배해 나눠 주었다.

'그럼 나도 움직여 볼까?'

멀쩡한 아지트가 완성되었다곤 하나 임시일 뿐이었다.

현존하는 최강의 아지트, 6막의 숨겨진 괴물을 끌어내기 위해선 반드시 성취해야 하는 목적이었다.

물론 그 최강의 아지트를 완성하기 위한 재료는 파악하고 있었다.

준형이 일행들과 함께 각자의 일을 분배하고 있는 동안 정훈의 육신이 그곳에서 사라졌다.

5미터가 넘어가는 거대한 신장, 그리고 육신은 흐르는 용암으로 이루어져 있다.

파이어 골렘. 화룡의 둥지에 서식하는 몬스터 중에서도 포식자에 들어가는 난폭한 괴물이었다.

이 괴물은 지금 침입자를 눈앞에 두고 있었다.

살아 있는 모든 존재를 말살하는 것.

자신의 존재 의의를 실천하기 위해 주먹을 휘둘렀다.

근력만 본다면 무려 탈에 달한 무지막지한 힘.

그 거력이 실린 주먹이 한곳으로 쇄도했다.

퍼억.

거대한 골렘의 주먹과 맞닿은 건 연약하기 그지없는 인간의 주먹이었다.

그 광경은 마치 계란으로 바위를 친 격.

하지만 드러난 결과는 예상과는 정반대의 것이었다.

"그으으."

가늘게 진동하는 듯한 괴음을 낸 골렘이 주춤주춤 뒤로 물러났다.

족히 1미터는 넘어 보이는 거대한 팔이 파괴되어 있었던 것이다.

"넌 이제 필요 없으니까 그만 꺼져!"

조금 전 화룡의 둥지를 찾은 침입자 정훈.

그의 주먹이 수백, 수천 개로 불어나 파이어 골렘의 전신을 두드렸다.

탈에 이른 근력과 강인함, 거기에 끓어오르는 용암으로 만들어져 웬만한 생명체는 접근조차 할 수 없는 괴물이 바로 파이어 골렘이었다.

그런데 피와 살로 이루어진 주먹이 닿자 형편없이 터져 나갔다.

화르륵.

6막 내에선 열 손가락 안에 드는 서열의 괴물이 한 줌 재가 되어 사라졌다.

녀석이 남긴 흔적이라곤 검은 잿더미와 함께 붉은 구슬, 파이어 골렘의 핵이 전부였다.

쓰러진 흔적을 바라보던 정훈은 기계처럼 핵을 집어 들어 보관함에 넣었다.

이내 그의 시선이 정면을 향했다.

파이어 골렘이 나타났다는 건 곧 목표 지점에 거의 근접했다는 것을 의미한다.

'역시.'

과연 예상대로였다.

화룡의 둥지라 불리는 활화산. 그 정상이 눈앞에 있었다. 이 정상을 눈앞에 두기까지 채 30분이 걸리지 않았다.

웬만한 입문자들에겐 다분히 위협적인 몬스터가 산의 요소요소를 지키고 있었지만, 정훈에게 한주먹거리도 되지 않았던 것이다.

거침없이 질주만 하던 정훈.

하지만 그의 걸음은 잠시 후 멈췄다.

'여기서부턴 방심할 수 없지.'

그의 게임 캐릭터인 한주먹이 결국 도달하지 못했던 곳이 바로 이곳이었다.

갖은 수단과 방법을 동원해 봤지만, 결국 넘지 못했던 문턱을 통과하기 위한 준비를 시작했다.

파도를 형상화한 에메랄드 광택의 갑옷이 그의 몸을 감쌌다.

지금껏 볼 수 없었던 갑옷의 정체는 호루스를 제거하고 얻은 '태초의 바다' 세트.

이는 오직 각성한 호루스에게서만 얻을 수 있는 불멸급 세트 아이템으로, 그 능력의 한계는 태고급에 달한다고 볼 수 있었다.

거대한 양손검 태아胎兒를 든 그의 몸 주위에선 호루스가 그러했듯 태초의 기운이 넘실댔다.

적에 대비한 완전한 무장을 갖춘 그가 드디어 걸음을 떼었다.

지금껏 누구에게도 개방되지 않았던 산의 정상, 공동의 입구에 돌입했다.

　　-멈춰라!

　　엄청난 기운이 실린 외침이 둥지를 뒤흔들었다.

　　그와 함께 주변을 덮고 있던 검은 연기가 움직이기 시작해 정훈의 정면에서 한데 뭉쳤다.

　　얼마 지나지 않아 검은 연기는 하나의 형상을 만들었다.

　　마치 거인을 연상시키는 거대한 체격의 존재.

　　인간과 흡사하나 인간이라고 부르기 힘든 외형이었다.

　　새의 그것과 같은 날개가 어깨 죽지부터 이어져 있고, 4개 팔이 이리저리 움직였다.

　　위의 팔은 사람의 것과 흡사하나 나머지 아래의 팔 둘은 사자의 앞발을 연상시켰다.

　　머리칼은 말갈기와 같은데 두 눈은 붉은색 광선처럼 빛나며 이마에 나 있는 제 삼의 눈이 불꽃처럼 타오르고 있었다.

　　"이프리트!"

　　10년간의 노하우가 쌓인 한주먹 캐릭터를 좌절에 빠뜨리게 한 장본인, 정훈의 앞에 나타난 건 화룡의 둥지를 지키는 마지막 수호자 이프리트였다.

　　-이곳은 한낱 인간 따위가 넘볼 수 없는 금역. 지금 돌아간다면 어떠한 위해도 가하지 않겠다.

　　본래는 불같은 성격으로 단숨에 모든 존재를 태워 버리는 게 이프리트이나 모종의 임무로 인해 조금은 얌전을 떨었다.

"들어가겠다면?"

하지만 정훈은 아랑곳하지 않았다.

그가 탈의 경지를 넘어 초超에 들어서면서 알게 된 건 눈앞의 적, 이프리트 또한 초의 능력치를 지니고 있다는 것.

하지만 이 강대한 적을 눈앞에 두고서도 당당하기 그지없다.

-그렇다면 죽음뿐이다!

경고는 한 번으로 충분했다.

이프리트의 삼안三眼에서 뿜어진 검은 불꽃이 정훈을 가둘 것처럼 휘감았다.

정훈조차도 몸이 가늘게 떨릴 정도의 강맹한 일격.

하지만 그의 입가엔 한 줄기 미소가 맺혀 있었다.

"왕의 반지 앞에 모든 마의 기운은 흩어지니."

이프리트는 홍염의 마신.

그가 지닌 불의 기운은 마기로 이루어진 것이었다.

당연히 솔로몬의 반지 앞에서 무기력할 수밖에 없었다.

-그, 그것은······!

마기를 흡수하는 반지는 이 세상에 오직 하나뿐.

굳이 그것이 진품인지를 확인할 필요가 없었다.

-오오, 주인님의 신물을 뵙습니다.

다음 순간, 놀라운 광경이 펼쳐졌다.

홍염의 마신이자 모든 불꽃을 다스리는 괴물이 정훈 앞에 부복한 것이다.

"음?"

그건 정훈도 예상하지 못한 것이었다.

단지 그는 이프리트가 사용하는 게 마기라는 것을 알고, 이를 대비해 솔로몬의 반지를 사용할 것뿐이었다.

그런데 지금 이 믿지 못할 광경은 무엇이란 말인가.

–오랫동안 그분의 후계를 기다리고 있었습니다.

혹 뭔가 음모를 꾸미는 게 아닐까 여전히 경계를 놓지 않던 정훈이었다.

하지만 고개조차 들지 않은 채 존경을 표하는 이프리트를 보면서 어느 정돈 마음을 놓을 수 있었다.

"그분이라면……?"

–모든 마신의 다스리는 지배자, 솔로몬 왕입니다.

우연처럼 정훈의 시선이 지니의 이마를 장식하고 있는 삼안을 응시했다.

'솔로몬의 문장!'

불꽃이 나타내는 그림은 오망성이었다.

솔로몬 왕의 고유 문장인 그것은 자신의 부하임을 나타내는 표식이기도 했다.

'그래. 솔로몬 정도 되어야 4대 마룡을 봉인할 수 있겠지.'

6막을 접하면서부터 늘 궁금한 게 하나 있었다.

하나하나가 각성한 라를 능가하는 괴물인 4대 마룡을 봉인한 자가 누구였는지. 그런데 그 의문이 이제야 풀렸다.

　─그분의 후계인 당신이 나타난 건 곧 예언의 때가 도래했음을 의미하는 것.

　준비된 말을 내뱉는 것처럼 중얼거린 이프리트가 팔을 받쳐 올렸다.

　거대한 손바닥에는 솔로몬의 고유 문장인 오망성의 형태로 묶인 검은 쇠사슬과 이에 속박된 화염의 심장, 그리고 붉게 빛나는 열쇠가 놓여 있었다.

　─사악한 불꽃의 마룡 파프니르를 속박한 봉인을 해금解禁하겠습니다.

"뭐, 뭣?"

　갑자기 해금이라니.

　그것은 정훈이 바라는 바가 아니었다.

　물론 파프니르를 상대하려 했지만, 그건 봉인된 상태에 한해서였다.

　그가 모은 정보에 의하면 봉인된 파프니르만 해도 대단한 괴물이었다. 만일 그 봉인이 풀리게 된다면 상상하기 싫은 끔찍한 괴물이 탄생하는 것이다.

　예상치 못한 상황에 놀란 정훈이 만류하려 했으나 이미 늦었다.

　남은 2개의 팔이 움직여 쇠사슬의 연결 접점, 그 틈새에 열쇠를 꽂았다.

　철컥.

―불꽃의 마룡 파프니르의 봉인 해금.

쇠가 맞물리는 소리와 함께 절망적인 알림이 귓가에 파고
들었다.

❦

"야, 이 미친놈아!"

단 한 번도 그렇게 하라고 말을 꺼낸 적이 없다.

하지만 이프리트는 마치 그것이 사명인 듯 동의를 구하지
않은 채 일을 벌였다.

―부디 주인님의 유지를 이으시길…….

이프리트의 역할은 파프니르의 봉인을 지키는 것.

그렇기에 봉인이 해금된 지금 그의 존재는 사라질 수밖에
없었다.

해금된 파프니르를 남긴 이프리트의 흔적이 사라지고…….

쿠르릉.

하늘이 무너질 듯 굉음이 울려 퍼졌으며, 지진이라도 난
것처럼 산이 요동쳤다.

쿠콰콰.

들끓던 마그마가 하늘을 뚫을 듯 높게 치솟았다.

오랜 시간 동안 휴식기에 들어가 있었던 화산 활동이 시작

된 것이다.

시뻘건 마그마와 검은 잿더미가 교차하며 쏟아져 내렸다.

그것은 검은 비였다.

세상을 검게 물들이는 비 사이로 붉은 동체가 모습을 드러냈다.

마치 마그마를 끼얹은 듯 붉고, 언뜻 황금빛 색채가 섞인 그것은 비늘이었다.

작은 산을 연상시키는 거대한 몸체를 가득 덮은 비늘. 파충류를 연상시키는 섬뜩한 눈동자.

박쥐의 그것과 같은 거대한 날개, 활짝 벌려진 주둥이 사이로는 강철도 씹어 먹을 듯한 날카로운 송곳니가 가득 박혀 있었다.

"파프니르……."

고서적을 통해서만 접해 본 파프니르였다.

정훈도 실물로 본 건 이번이 처음이었다.

'도대체 얼마나 강한 거냐?'

그림에선 느낄 수 없었던 위압감이 가득 풍겨져 나왔다.

느껴지는 기세만으로도 몸이 저릿저릿하다.

초에 이른 자신을 떨게 할 정도라니. 도무지 그 강함이 짐작조차 가지 않았다.

정훈이 긴장으로 떨고 있을 무렵, 섬뜩하기 그지없는 파프니르의 눈동자가 그에게 향했다.

"쌍!"

어느새 공중에 떠오른 거대 파충류의 꼬리가 지면을 향해 떨어지고 있었다.

속도는 가히 쾌속이라 할 만했다.

정훈의 시야에도 보이지 않을 정도였으니까.

정확한 궤적을 파악할 수 없다.

하지만 특유의 감각이 보내는 위험 신호를 감지하곤 재빨리 그곳을 벗어났다.

콰앙!

지면에 거대한 흉터가 생겼다.

압도적인 위력. 저것에 깔렸다간 아무리 정훈이라 해도 죽음을 면치 못할 터였다.

찌익.

무엇을 망설이겠는가. 곧장 귀환의 서를 찢었다.

─화룡 파프니르의 권능에 의해 모든 마법 이동 물품의 사용이 금지됨.

"뭐, 이 미친!"

언제든 위기를 넘길 수 있도록 설계된 아이템이 귀환의 서다.

하지만 사용이 금지되었다.

파프니르라는 강대한 적을 피하려고 했던 정훈에겐 청천

벽력과도 같은 소식이었다.

귀환의 서뿐만이 아니었다.

알림이 고지한 대로 모든 마법 이동 물품이 발동하지 않았다.

'제대로 코가 꿰였네.'

이마 위로 흐르는 땀을 훔쳤다.

도망갈 수 있는 방법은 막혔다.

결국 해야 할 일은 하나. 지닌바 모든 수단과 방법을 동원해 파프니르를 쓰러뜨려야만 한다.

"카아악!"

철판을 긁어 대는 포효를 터뜨렸다.

개미 새끼 하나 죽이지 못한 것에 대한 분노였다.

곧이어 파프니르의 거대한 아가리가 열리며 연녹색의 입김이 뿜어져 나왔다.

'마기?'

용족의 가장 강력한 권능인 입김.

사위를 뒤덮는 절망적인 산성의 입김을 본 정훈의 눈동자가 이채를 발했다.

그 누구보다 마기에 민감하게 반응할 수 있는 게 그다.

파프니르가 뿜어낸 건 강력한 마기로 뭉친 기운 덩어리. 곧장 솔로몬의 반지를 앞으로 뻗으며 권능을 발현했다.

과연 예상대로였다.

반지에서 새어 나온 푸른 광채가 산성의 입김을 감쌌고, 오망성의 문양 안으로 흡수가 되기 시작한 것이다.

우우웅.

파프니르의 마기를 흡수한 솔로몬의 반지가 눈에 띄게 진동했다.

'한계다.'

권능은 하루 세 번 사용할 수 있지만, 흡수할 수 있는 마기는 무한정이 아니었다.

지금껏 단 한 번도 한계를 드러내지 않았던 반지가 더는 흡수할 수 없다는 신호를 보내고 있었다.

처음의 이프리트. 그리고 이번 파프니르의 입김이 그만큼 강력하다는 것을 의미하는 것.

"정화된 마기는 왕의 힘이 될지니."

어떻게든 최대한의 전력을 끌어내야 했던 정훈은 흡수한 마기를 거둬들였다.

그 순간 솟아나는 힘을 느낄 수 있었다.

한정훈	
근력(化) : 7,871	강인함(化) : 5,315
순발력(化) : 7,238	마력(化) : 8,754

초라는 경지를 알게 된 지 얼마 지나지 않아 그 위의 경지

인 화에 도달할 수 있었다.

물론 반지의 권능을 빌려 일시적일 뿐이나 그 강대한 힘은 지금까지의 힘이 하찮게 느껴질 정도로 강대한 것이었다.

반지를 가진 자, 절대 권력을 차지하리라.

반지를 설명한 서적에 적혀 있던 글귀였다.

과연 그 말이 헛말은 아니었던 모양이다.

전력의 상승은 곧 자신감의 상승을 의미한다.

한결 여유가 깃든 눈동자가 파프니르에게 향했다.

'녀석도 화의 능력치를 지녔군.'

조금 전까지만 해도 알 수 없었던 괴물의 능력을 가늠할 수 있었다.

같은 화의 능력치지만 적은 최강의 생물인 용족이다.

나약하기 그지없는 인간과는 태생적으로 다른 생물인 것이다.

방심할 수 없다.

최상의, 최고의 전력으로 쓰러뜨려야 했다.

"나의 신하 72마신은 계약을 이행하라."

마신의 계약이 발동하자, 바닥에 그려진 오망성이 푸른 광채를 발했다.

―20권좌의 마신 푸르손이 왕의 요청에 응함.

―푸르손의 권능 '과거의 기억' 부여.

'하필이면……!'

전투적인 능력을 원했던 정훈으로선 실망할 수밖에 없었다.

과거의 기억. 그 권능의 명칭만 봐도 그다지 쓸데가 없음을 확신했기 때문이다.

"흐읍!"

실망한 순간 그의 눈앞에 기억의 편린이 영상과도 같이 스치고 지나갔다.

그것은 그의 기억이 아니었다.

기억의 주인은 푸르손. 모든 차원에 뻗어 있는 그의 눈 중 하나가 목격한 기억 중 하나였다.

영상의 주인공은 파프니르와 생소하면서도 익숙한 젊은 청년이었다.

오망성이 그려진 반지, 그리고 지혜의 가면을 쓴 그는 솔로몬 왕. 20대의 혈기왕성한 시절의 모습이었다.

두 존재는 치열하게 격돌했다.

그 전투의 과정을 단 한순간도 빠짐없이 생생하게 목격할 수 있었다.

'횡재했군.'

실망한 건 한순간이었다.

과거의 격돌은 그에게 많은 도움이 되었다.

파프니르가 사용하는 전반적인 권능을 파악할 수 있게 된 것이다.

서적을 통해 고작 생김새와 특징 정도만 알고 있었던 정훈에겐 실로 큰 도움이 될 만한 정보였다.

"캬악!"

이 영악한 파충류는 마기가 통하지 않는다는 걸 본능적으로 깨달은 상태였다.

해서 산성의 입김을 대신해 힘찬 포효, 파동을 일으켰다.

들썩거리는 진동과 함께 모든 것을 쓸어 버릴 듯한 풍압이 정훈을 덮쳤다.

용족의 또 다른 권능 중 하나인 피어가 발휘된 것이다.

파프니르 정도 되는 고룡古龍이라면 세상의 모든 존재를 공포의 나락으로 빠뜨릴 수 있었다.

"그렇게 쉽게 당하진 않아."

하지만 정훈만은 예외였다.

피어라는 권능에 대해서 파악하고 있었던 그는 이미 보리수 열매를 섭취한 뒤였다.

모든 정신 공격에 면역이 되는 소비 아이템의 힘으로 피어의 영향에서 벗어날 수 있었다.

위기를 모면한 순간은 곧 기회이기도 했다.

강력한 권능을 발휘한 후에 생기는 틈을 발견한 정훈이 섬

전과도 같이 뛰어 나갔다.

화에 이른 순발력에서 뿜어져 나온 동작은 지금까지와는 궤를 달리하는 것.

그야말로 시공간을 초월한 정훈이 파프니르의 발등에 도달했다.

캉!

찍어 내린 스퀴테가 비늘을 뚫지 못한 채 튕겨져 나왔다.

그건 정훈도 예상하지 못한 상황이었다.

태고급의 스퀴테가 뚫지 못하다니, 보고도 믿을 수가 없었다.

당황한 그를 짓밟기 위해 한껏 올라간 뒷발이 지면을 찍었다.

물론 그곳에 정훈은 없었다.

절호의 기회를 살리지 못한 그는 급급히 후퇴하는 중이었다.

촤아아.

뜨거운 열기가 덮쳐 왔다.

다급히 주변을 살피자 사방을 에워싼 용암의 파도를 확인할 수 있었다.

단순해 보였던 찍기는 그를 밟기 위한 행위가 아니었다.

화룡이라는 명칭에 걸맞게 주변의 용암, 불의 힘을 끌어올린 것.

"보아라, 내 앞의 차원이 무너져 내린다."

사방을 에워싼 용암의 파도에 도망갈 틈 따윈 없었다.

별수 없이 스퀴테의 격을 발휘하여 차원의 틈새를 만들었다.

덮쳐 오던 용암이 갈라진 틈새 사이로 흘러 들어갔다.

그리고 그는 유일하게 생긴 활로를 향해 몸을 뺐다.

치이익.

조금 전까지 정훈이 있었던 자리가 용암으로 뒤덮였다.

만약 빠르게 대응하지 않았더라면 저 들끓는 용암 속에 가둬져 단숨에 녹아내리고 말았을 터였다.

'장소가 좋지 않아.'

현재 정훈이 있는 장소는 화산이다.

파프니르는 명색이 불을 다루는 용족인 화룡.

전투를 치르기에 최적의 장소였던 것이다.

물론 녀석을 상대해야 하는 정훈에겐 최악의 장소인 셈이었다.

하지만 방법이 없지 않은가.

등을 보이고 도주할 수도 없고, 장소를 임의로 바꿀 수도 없으니 말이다.

'왜 없어!'

불가능은 정훈의 사전에 없었다.

보관함을 열어 네모난 박스 하나를 꺼냈다.

신비한 오색 광채를 뿌리는 그것은 지금껏 단 한 번도 사용한 적 없었던 불멸급의 소비 아이템인 판도라의 상자.

제우스를 처치하고 얻은 것이었다.

소비 아이템인 주제에 무려 불멸급이다.

일회용인데도 등급이 높다는 건 그만큼 어마어마한 효과를 지니고 있다는 것.

다시 한 번 화염의 권능을 일으키려는 파프니르에 맞서 판도라의 상자를 지면에다 집어 던졌다.

딸칵.

충돌과 함께 상자가 열렸다.

열린 상자의 틈새로 빠져 나온 건 푸른 기운으로 이루어진 물방울 무늬였다.

-판도라의 상자 개봉.

-현재 영역을 물 속성 지역으로 교체.

뜨거운 열기와 들끓던 용암으로 넘쳐나던 화산이 모습을 바꾸었다.

주위가 온통 파랗다.

육신에 느껴지는 저항감은 이곳이 수중이라는 것을 여실히 증명하고 있었다.

순식간에 뒤바뀐 지역. 이것이 바로 판도라의 상자가 지닌 효과였다.

주변 지역을 대지, 화염, 물의 3개 속성 중 무작위의 속성으로 교체한다.

물론 화염에 걸릴 확률도 있었지만, 나머지 2개가 걸릴 확률이 더 높았기에 모험을 걸어 본 것이다.

다행히 화염과는 상극인 물 속성 지역이 되었다.

하지만 수중에서 몸을 움직이기 불편한 건 정훈도 마찬가지였다.

뿌웅.

마법의 소라고둥. 길게 휘어진 나팔의 입구에 숨을 불어 넣자 아련한 소리가 울려 퍼졌다.

얇은 물줄기가 그의 주위를 감싸기 시작하더니 이내 둥근 막을 만들었다.

1막의 숨겨진 보스인 트리톤을 처치하고 얻은 마법 물품.

이로써 정훈은 수중에 관한 모든 페널티가 사라진 상태가 되었다.

그리고 또 한 가지의 변화가 있었다.

자신이 지닌 최강의 무기인 스퀴테를 보관함에 넣는 대신 다른 무기를 꺼내 들었다.

황금빛 광채에 휩싸인 넓은 날의 광도검廣刀劍. 그것은 고작해야 성물급에 불과한 그람이었다.

놀랍게도 그는 태고급의 무기를 대신해 성물급의 무기를

꺼내 드는 무모한 일을 벌이고 있었다.

미치지 않고서야 결코 선택할 수 없는 일이었다.

하지만 그의 눈은 강한 확신으로 가득 차 있었다.

Chapter 6

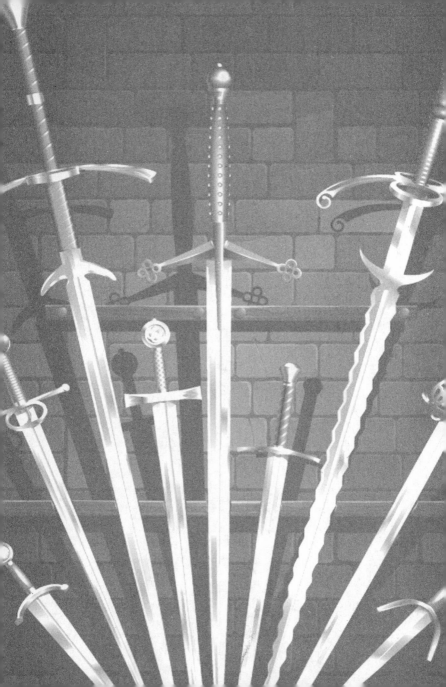

성검 그람.

손재주가 뛰어난 소인족 드베르그에 의해 제작된 검으로, 그 최초의 주인은 오딘이었다.

미래를 예지하는 힘을 지니고 있었던 그는 언젠간 신들의 황혼인 라그나뢰크가 일어날 것에 대비해 영웅을 육성하고자 했다.

그의 첫 선택을 받은 존재는 자신의 피를 이은 자이기도 한 지그문트였다.

하지만 지그문트는 자신의 누이와 정을 통하는 미련한 짓으로 기대를 저버렸고, 이에 분노한 오딘은 초로의 노인으로 분장한 채 지상으로 현신한다.

그람을 통해 불패의 왕으로 거듭난 지그문트의 적군으로 나타난 오딘.

분노한 그의 궁니르가 섬전처럼 뻗어 나가 그람과 충돌했다.

비록 그람이라는 명검을 지니고 있었으나, 그 주인이 한낱 인간에 불과했다.

산산이 부서진 그람과 함께 지그문트는 전쟁에서 대패할 수밖에 없었고, 치명적인 상처를 입은 채 후퇴했다.

죽음에 이르러서야 본인의 어리석음을 깨달은 지그문트는 아내인 효르디스에게 조각난 그람의 파편을 맡기며, 훗날 이것을 배 속에 있는 아들에게 넘겨주라는 유언을 남기곤 죽음에 이른다.

지그문트의 사후, 지그프리트라를 낳은 효르디스는 레긴이라는 도장匠에 아들을 맡겼다.

세월이 지나 장성한 지그프리트의 무력을 눈여겨 본 레긴은 자신의 형이자 집안의 보물을 독차지한 파프니르를 없애 달라고 부탁한다.

물론 맨입은 아니었다.

사악한 용으로 변신한 그를 상대할 수 있도록 평생의 역작인 검을 선물한 것.

하지만 아무런 의미가 없는 일이었다.

강인한 지그프리트의 힘을 견디지 못한 검이 부러지고 말았기 때문이었다.

평생의 역작이 그 모양인데 다른 무기라고 견딜까.

건네주는 모든 무기가 족족 부러지고 말았다.

바로 그때였다.

어머니에게서 받은 유품에 생각이 미친 그는 늘 품에 지니고 있었던 그람의 파편을 레긴에게 보여 주었다.

비록 부서지긴 했으나 한눈에 봐도 범상치 않은 명검임을 감지한 레긴은 자신의 이름을 걸고 위대한 걸작을 탄생시키겠노라 다짐했다.

그렇게 그람은 다시 한 번 완성된 모습으로 세상에 모습을 드러내게 되었다.

마침내 위대한 검을 손에 넣은 지그프리트는 곧장 파프니르의 둥지로 떠나 혈투를 벌였고, 사악한 마룡을 쓰러뜨릴 수 있었다.

비록 생명은 없으나 각 무구에는 그만의 세월과 이야기가 존재한다.

물론 무구의 주인이라고 해서 그것을 다 파악할 수 있는 건 아니지만, 이 세계의 잡학다식에 통달한 정훈은 웬만한 부분은 다 꿰고 있었다.

그람이라고 예외는 아니었다.

영웅 지그프리트와 마룡 파프니르에 관한 이야기는 그도 익히 알고 있던 바.

'이게 단순한 이야기로 치부할 수 없거든. 숨겨진 시스템이라고나 할까.'

태고급의 스퀴테가 비늘을 뚫지 못했을 때부터 지금의 상황을 염두에 두고 있었다.

부글부글.

수중에서의 불리함을 깨달은 파프니르가 뜨거운 기운을 방출하기 시작했다.

화룡이라 불리는 그의 열기는 수중을 화염의 지대로 바꿀 수 있을 만큼 강력한 것.

이대로 방치하게 된다면 판도라의 상자로 인한 속성이 다시 한 번 뒤바뀔 게 틀림없었다.

"어딜!"

그걸 두고 볼 정훈이 아니었다.

양손에 그람을 쥔 그가 쏜살과도 같은 속도로 달려갔다.

수중이었으나 마법의 소라고둥으로 인해 평지와 같이 달릴 수 있었다.

하지만 그는 파프니르에게 접근하지 못했다.

어느새 주변을 감싼 존재, 용의 이빨에서 탄생한 용아병龍牙兵이 가로막고 있었기 때문이다.

속성을 완전히 바꾸기 전까지 시간을 끌어 보겠다는 의도였다.

모종의 일로 인해 인간으로서의 이성을 잃어버린 파프니르였지만, 전투적인 지능은 굉장히 뛰어난 모습을 보였다.

"부정한 존재는 모두 사라져라."

그 의도를 파악하고 있었던 정훈은 망설이지 않았다.

보관함에서 꺼낸 스크롤, 턴 언데드가 각인되어 있는 마법의 스크롤을 연이어 찢었다.

퍼엉!

용아병의 몸체가 폭발했다.

비록 낮은 확률이긴 하나 부정한 존재를 단번에 소멸시키는 턴 언데드의 효력이 발휘된 것.

특히 시전자인 정훈이 화에 달한 능력치를 지니고 있었던 탓에 꽤 높은 확률로 용아병들이 터져 나갔다.

고위급 마법의 스크롤을 아무렇지도 않게 남발한 결과는 용아병의 전멸이었다.

그야말로 눈 깜짝할 새 주변의 모든 적을 쓰러뜨린 정훈은 거칠 것 없이 파프니르에게 나아갔다.

먼저 그를 반긴 건 힘껏 휘둘러 친 꼬리였다.

조금 전이었다면 회피했을 테지만, 지금은 다르다.

그는 쇄도해 오는 거대한 꼬리에 맞서 그람을 베었다.

서걱.

"캬악!"

고통에 찬 괴성이 울려 퍼졌다.

그 주인은 파프니르였다. 반쯤 잘려 나가 덜렁거리는 꼬리를 거두어들인 녀석이 고통으로 펄쩍 뛰고 있었다.

과연 정훈의 예상대로였다.

그람이 스퀴테도 뚫지 못한 비늘을 무 베듯이 베어 낸 것이다.

하지만 검의 상태도 무사한 건 아니었다.

치이익.

요란한 소릴 내며 녹아내리고 있었다.

파프니르의 피는 엄청난 열기와 독기를 지닌 것.

고작해야 성물급의 그람이 버텨 낼 수 있는 게 아니었다.

손잡이까지 녹아내린 그람을 미련 없이 내동댕이쳤다.

미련이 있을 턱이 없다. 그의 손엔 어느새 또 다른 그람이 쥐어져 있었던 것이다.

그 등급에 비해 지극히 낮은 드롭 확률의 그람.

보통은 1개도 얻기 힘든 그것을 15자루나 지니고 있는 게 정훈이었다.

쿠아앙.

고통에 몸부림치던 파프니르가 크게 숨을 뱉어내자 그의 입에서부터 뿜어져 나온 화염이 곧 하나의 형상을 취했다.

그것은 화룡. 불꽃으로 이루어진 파프니르의 분신이 날개를 활짝 펼친 채 날아오고 있었다.

"보라, 사악한 드래곤이 내 앞에 무릎 꿇었다."

마기는 일체 배제한 강력한 불꽃의 권능에 맞서 그람의 격을 발동했다.

정훈의 몸 주위로 붉은 기운이 넘실대기 시작했다.

신화의 영웅 지그프리트의 기운, 용살자龍殺者의 능력이 깃든 것.

몸속에 깃든 힘을 느끼며 하늘을 향해 치켜 든 검을 그대로 내리그었다.

정훈이 만들어 낸 반월형의 검기가 나아가 화룡의 분신과 충돌했다.

충돌의 여파는 없었다.

다만 처음부터 존재하지 않았던 것처럼 소멸한 화룡을 뒤로한 검기가 나아갈 뿐이었다.

권능이 소멸한 것을 깨달은 파프니르는 곧장 다음 행동을 이어갔다.

그 거대한 날개를 펄럭이며 물의 소용돌이를 생성했다.

그 물살의 흐름은 검기의 방향을 바꿔 놓았고, 목표가 아닌 애꿎은 허공을 가로질렀다.

놀랍게도 이 영악한 드래곤은 불의 속성을 지녔으면서도 물을 이용할 줄 알았다.

콰콰콰.

물의 소용돌이가 다가왔다.

문제는 그뿐만이 아니었다.

강렬한 물살 뒤로 파프니르가 약간의 시간 차를 둔 채 다가오고 있었다.

소용돌이를 막는 순간의 빈틈을 파고들려는 것이다.

나름 회심의 일격이라고 준비한 듯했지만…….

"화과산의 왕, 미후왕美猴王 납시오."

손에 쥐어진 신진철과 머리의 금관 긴고.

두 개 세트의 격을 발휘해 미후왕으로 변신했다.

순식간에 붉은 털을 지닌 원숭이가 된 그가 봉을 앞으로 뻗으며 외쳤다.

"늘어나라, 신진철!"

신진철은 사용자가 지니고 있는 근력에 비례해 크기가 늘어나는 신기다.

게다가 현재 화의 능력치를 지닌 정훈이라면 그야말로 무한대로 늘릴 수 있는 게 가능했다.

쾅!

크기를 분간할 수 없을 정도로 늘어난 신진철은 물의 소용돌이는 소멸시킨 건 물론 그 뒤에 있는 파프니르에게도 충격을 주었다.

물론 단단한 비늘로 인해 그리 큰 충격을 주는 건 불가능했지만, 공격을 파훼할 순 있었다.

"미후왕이 명하니 나의 분신들아, 적들을 섬멸하라."

화의 마력으로 탄생한 분신은 수십만에 달했다.

그것도 각자가 파프니르의 유일한 약점인 그람을 쥔 상태.

비록 본체 능력치를 10퍼센트밖에 발휘하진 못하지만 그 것만으로도 충분했다.

"캬아악!"

덜렁거리는 꼬리로 휩쓸어 수천의 분신을 소멸시켰다.

거대한 발로 찍어 내리자 마찬가지로 수천이 소멸했다.

강력하기 그지없는 파프니르의 공격에 수십만의 분신은 별다른 힘을 쓰질 못했다.

하지만 소득이 아예 없었던 건 아니다.

빈틈을 파고든 분신들이 비늘 속에 숨은 살을 베어 냈다.

물론 그리 깊은 상처는 아니지만, 가랑비에 옷 젖듯 얕은 상처가 중첩되어 파프니르의 체력을 떨어뜨렸다.

소기의 목적을 달성한 후 하나의 본체로 돌아왔다.

쿠웅!

그 순간 하늘에서부터 굉음이 울려 퍼졌다.

심상치 않은 기운을 감지한 정훈의 시선이 잠깐 그곳에 머물렀다.

'제길!'

결국 우려했던 일이 터지고 말았다.

조금 전부터 파프니르가 일으켰던 열기는 지금의 권능을

실현하기 위함이었다.

머리 위로 불꽃에 휩싸인 운석이 떨어지고 있었다.

과거의 기억을 통해 정훈도 간접적인 경험을 해 본 극강의 권능, 운석 소환이었다.

우주에 떠도는 운석을 이 세계로 끌어들여 낙하시킨다.

그 위력은 하나의 차원을 파괴할 수 있을 정도였다.

파창.

마치 유리가 깨어지듯 요란한 소릴 내며 순식간에 공간이 바뀌었다.

판도라의 상자가 지닌 속성 지대의 효과가 깨진 것이다.

부글부글 용암이 끓는 화산, 본래 그들이 있었던 파프니르의 둥지로 돌아오게 되었다.

더욱 큰 문제는 운석 소환이 끝나지 않았다는 점이다.

판도라의 상자마저 깨 버린 권능은 여전히 하늘 위를 장식하며 정훈을 위협했다.

콰콰콰쾅!

지면과 충돌할 때마다 어마어마한 폭발이 일어났다.

화염 속성의 정점에 이른 강력한 권능은 정훈에게도 엄청난 부담으로 다가왔다.

그에 반해 파프니르는 멀쩡했다.

아니, 오히려 조금 전보다 더욱 생기가 넘치는 모습이었다.

자신에게 유리한 화속성 지역으로 돌아온 데다가 폭발을

일으키는 운석 또한 활기를 채워 주고 있는 것.

운석 소환은 적에겐 큰 위협을 자신에겐 생기를 불어넣어 주는, 그야말로 필살의 패턴이었다.

강력한 힘을 지닌 솔로몬 또한 이 공격에 꽤 진땀을 뺐을 정도였다.

'그렇게 놔둘 순 없지.'

기껏 체력을 빼 놓은 상태인데, 이대로 녀석의 뜻대로 흘러가게 한다면 그간의 고생이 무용지물이 된다.

어찌 그렇게 되도록 내버려 두겠는가.

오딘의 무장으로 바꿔 착용한 그는 지체할 것 없이 발할라를 발휘했다.

능력치의 성장으로 더욱 많은 발키리가 소환되었다.

공중을 가득 메운 발키리들은 어김없이 정훈의 보관함에 쌓여 있던 무장을 착용하고 있었다.

"모든 운석을 파괴해라!"

정훈의 명을 이행하기 위해 높게 비상한 발키리들이 권능을 발휘했다.

색색의 기운으로 뭉쳐진 무구의 격이 운석과 충돌하며 폭발을 일으켰다.

그 위력을 이기지 못한 운석이 잘게 부서지며 마치 비처럼 떨어져 내렸다.

마치 하늘이 붕괴되어 무너져 내리고 있는 듯한 광경 속.

고오오.

차원이 녹아내리고 있었다.

파프니르가 지금까지 했던 모든 행동은 오직 이 공격을 위한 포석에 지나지 않았다.

세계를, 공간을, 차원을, 그 모든 것을 태워 버리는 파괴의 불꽃이 파프니르의 주둥이에서부터 뿜어져 나왔다.

차원마저 태우는 불길에서 벗어날 수 있는 방법은 없었다.

그대로 태워지거나 아니면 상쇄시키거나, 둘 중의 한 가지만을 선택해야 하는 것.

물론 정훈의 선택은 맞서는 쪽이었다.

활약할 기회가 없었던 불멸급 무기 화신을 들었다.

그간 선보이진 못했으나 화신에는 특별한 권능 하나가 숨겨져 있었기 때문이다.

"불꽃에서 태어난 검은 모든 불길을 삼킨다."

정훈의 손을 떠난 화신이 파괴의 불길과 만나는 순간, 그 모든 불길을 흡수하기 시작했다.

화신의 마지막 권능, 그것이 바로 모든 화속성의 공격을 흡수하는 것이었다.

물론 엄청난 효과를 자랑하는 만큼 결정적인 한 가지 제한이 있다.

다른 기운이 섞이지 않은, 오직 순수한 화속성으로만 이루어진 공격이어야만 한다는 점이다.

파프니르의 실책이라면 마기가 통하지 않는 걸 지레짐작하고는 오로지 화기로 이루어진 공격을 시도했다는 것.

더욱이 파괴의 불길은 파프니르에게도 위험 부담이 있는 기술이었다.

급격히 불어넣은 숨결로 인해 다시 호흡을 가다듬을 시간이 필요했다.

그리고 정훈은 그 순간을 놓치지 않았다.

지면을 박찬 그의 육신이 상대를 향해 짓쳐들었다.

파프니르는 멀쩡히 그 모습을 보면서도 어떠한 행동도 취하지 못했다.

다시 숨을 들이마시지 않으면 호흡 곤란으로 죽음에 이를 수 있기 때문이다.

지금 필요한 건 평소보다 더욱 빨리 숨을 고르는 것이다.

입과 코, 그리고 신체의 모든 구멍을 이용해 부족한 숨을 몸속에 채워 넣기 시작했다.

대신 한 방, 최대 두 번의 공격 정도를 허용할 생각으로 몸에 잔뜩 힘을 주었다.

푸욱.

"캬아아아아아악!"

대비를 하고 있었으나 비명을 참지 못했다.

하필이면 유일한 약점인 역린逆鱗으로 그람이 파고든 탓이다.

드래곤의 몸을 보호하는 비늘 중 단 한 개만이 역린에 속하는데, 정훈의 경우엔 과거의 기억을 통해 위치를 파악하고 있던 터였다.

사실 역린의 위치를 파악한 순간부터 지금의 기회만을 엿보고 있었다고 해도 과언이 아니다.

화신을 이용한 파괴의 불길을 막고, 역린을 찌르기까지, 이 모든 건 정훈의 계획에 의한 것이었다.

후두둑.

파프니르를 덮고 있던 무수히 많은 비늘이 지면으로 떨어지고 있었다.

이것이 역린을 찌른 효과. 무적의 방어를 자랑하는 비늘의 힘을 잃게 만드는 것이다.

생살이 뜯기며 벗겨지는 그 고통은 아무리 파프니르라 해도 참을 수 없는 것이었다.

쾅쾅!

거대한 드래곤의 몸부림이 주변 지형을 변화시키고 있었다.

물론 정훈에겐 아무런 영향을 줄 수 없다.

한낱 고통에 찬 몸부림 따위에 당할 인물이 아니었다.

발버둥을 피해 녀석의 발 아래로 파고들었다.

벗겨진 비늘 사이로 드러난 맨살. 그곳을 향해 새로운 그람을 쑤셔 넣었다.

"캬아악!"

어김없이 고통에 찬 비명이 터져 나왔다.

드래곤의 마력 근원, 드래곤 하트를 건드리는 데 참을 수 있을 턱이 없었다.

고통이 가중될수록 몸부림은 더 심해졌다.

오직 본능에만 의존한 움직임.

물론 위력을 무시할 수 있는 게 아니었다.

파괴력만 보자면 냉철한 이성을 유지하고 있을 때보다 더욱 강력했다.

하지만 파괴력은 있으나 명중률은 떨어졌다.

정훈의 날랜 동작을 붙잡기엔 무리가 있었다.

이리저리 움직여 시선을 분산시키던 정훈은 녀석의 살점에 그람을 쑤셔 넣기를 반복했다.

그렇게 1~2개 박히기 시작한 그람이 열 개가 되었을 무렵이었다.

"구우우웅!"

구슬픈 울음을 터뜨린 파프니르가 마침내 쓰러졌다.

−전체 안내 발송.

−지구 소속 입문자 한정훈이 멸화의 마룡 파프니르 정복.

−이룰 수 없는 기적을 이룬 입문자 한정훈에게 모든 능력치 1천, 화염 속성 50퍼센트 부여.

−최초로 사대 마룡 중 하나를 처치한 입문자 한정훈에게 '언령 : 시초

의 용살자 부여.

　－파프니르를 처치한 입문자 한정훈에게 '언령 : 드래곤 슬레이어 부여.

　－사대 속성의 정점 중 불의 재앙을 막은 입문자 한정훈이 '스킬 북 : 멸화' 획득.

　－입문자 한정훈이 4개의 위대한 유산 중 하나 '불꽃의 날' 획득.

"후우."

모든 기력을 소모한 정훈도 그 자리에 주저앉았다.

일그러진 얼굴에선 쉴 새 없이 땀방울이 흘러내렸다.

'고생한 보람이 있군.'

표정은 일그러져 있으나 한 줄기 미소는 사라지지 않았다.

과연 최악의 적을 쓰러뜨린 보람이 있었다.

언령 : 시초의 용살자

획득 경로 : 최초로 사대 마룡 중 하나 처치
각인 능력 : 용족과 맞설 경우 모든 능력치 1단계 상승, 주는 피해 25퍼센트 증가, 받는 피해 50퍼센트 감소

언령 : 드래곤 슬레이어

획득 경로 : 파프니르 처치
각인 능력 : 용족과 맞설 경우 모든 능력치 1,500 상승, 주는 피해 10퍼센트 증가, 받는 피해 25퍼센트 감소

멸화(패시브)

효과 : 화염 속성 +500퍼센트, 모든 화속성 무구의 숨겨진 권능 개방

한주먹 캐릭터가 얻은 것을 포함해 지금껏 그가 얻은 언령과 보상 중 최고의 것이라 단언할 만했다.

하지만 지금 그의 눈은 그 보상을 쫓고 있지 않았다.

그의 눈은 물론 마음을 차지하고 있는 건 단 하나였다.

화르륵.

그것은 불꽃으로 이루어진 날이었다.

그것도 화신의 것과는 다르게 아주 매끈하게 다듬어진 불꽃의 칼날.

용환에 이어 또 하나의 태초급 무구의 단서였다.

특히 이번에는 정체로 모를 9명의 사형제들을 처리하는 게 아닌, 특정한 목표가 있었다.

'나머지 마룡을 처리하면 태초급의 무구를 손에 넣을 있다는 이야긴데.'

하지만 그게 쉬울 것 같지는 않다.

파프니르는 운이 조금 따른 경우였다.

유일하게 비늘을 뚫을 수 있는 무기인 그람의 개수와 화염 속성을 흡수하는 화신, 거기에 과거의 기억이라는 사기적인 능력을 통해 패턴을 파악할 수 있었던 것이다.

만약 다른 마룡이라면 어땠을까. 아니, 과거의 기억이라든지 약점이 되는 무구의 개수가 적었다면?

아마 여기 쓰러져 있는 건 마룡이 아니라 바로 그였을 터였다.

'무모해.'

태초급이 눈앞에 아른거렸지만, 애써 억눌렀다.

나머지 마룡을 처리하는 건 무모하기만 한 일이다.

괜한 모험심에 목숨을 걸 수는 없는 일 아닌가. 일단은 파프니르를 처치한 것만으로도 만족할 수밖에 없었다.

아니, 아직 만족하기엔 이르다.

쓰러진 파프니르의 시체 옆으로 수많은 전리품이 굴러다니고 있었다.

신화나 전설을 살펴보면 드래곤은 엄청난 보물을 지닌 것으로 알려져 있다.

파프니르 또한 다르지 않다.

수많은 네임드 몬스터를 처치해 봤지만, 지금처럼 압도적으로 많은 전리품이 떨어진 건 처음이었다.

보통은 그 전리품을 보관함으로 이동시키는 것만으로도 꽤 시간이 걸렸을 테지만, 정훈에게는 렐레고의 부적이 있었다.

명령어 하나로 작은 동산처럼 쌓인 전리품이 보관함 안으로 들어갔다.

최소 불멸급을 시작으로 최대 태고급의 무구가 가득 들어찼다.

'그람이 완제품이 아니었구나.'

유일하게 하나 건진 태고급의 정체는 그람이었다.

그러나 그것은 일반적으로 알고 있는 성검 그람이 아니었다.

그람 : 용의 피를 머금은 검

등급 : 태고
설명 : 파프니르의 피를 머금어 그 능력이 더욱 강화된 검. 모든 용족이 두려움에 떠는 기운을 품고 있다

파프니르 한정으로 강력한 힘을 내던 그람이 모든 용족에게 사용할 만한 무기로 거듭났다.

물론 담겨 있는 권능 또한 스퀴테와 견주어도 손색이 없을 정도였다.

태고급, 그중에서도 최상급의 무기임에 틀림없었다.

순간 탐욕이라는 녀석이 슬며시 고개를 들었다.

이 정도면 충분히 다른 마룡들을 상대할 수 있지 않을까 하는 생각이 든 것이다.

'적어도 목룡木龍은 비벼 볼 수 있을 것 같은데.'

멸화라는 언령의 힘으로 강력한 화속성을 손에 넣게 되었다.

화속성의 상성이라면 목.

적어도 목룡이 상대라면 다른 마룡보다는 가능성이 높을 터였다.

고민의 시간은 그리 길지 않았다.

무려 태초급의 무구가 눈앞에 있었다.

생각해 볼 때 가능성이 그리 낮은 것도 아니니 무엇을 망설이겠는가. 물론 그게 오늘은 아니었다.

물약의 중독도 및 무구의 격을 꽤 많이 소모했다.

만전이 아니다. 만전의 상태에서 도전할 마음은 없었다.

최소한 이 모든 것을 충전할 수 있는 시간 동안은 휴식을 취해야 할 것이다.

애초에 목적한 화룡의 심장도 얻은 상태였기에 한결 마음이 여유로울 수 있었다.

아지트로 돌아온 정훈이 가장 먼저 손댄 일은 파이어 골렘의 핵으로 설정되어 있었던 코어를 화룡의 심장으로 교체하는 것이었다.

500미터의 영역이 반경 5킬로미터로 변경되었으며, 모든 구조물들의 크기 및 내구성도 크게 증가했다.

물론 정훈은 그것으로 만족하지 않았다.

오히려 한 가지 걱정이 늘었다.

'하긴. 각성한 마룡도 있는 마당에 늑대도 그러지 말란 법은 없지.'

4대 마룡에 관한 건 어디까지나 서브 시나리오에 불과하다.

메인 시나리오에 등장하는 늑대들, 정훈이 각성한 화룡의 심장을 얻으면서 녀석들의 난이도도 상당히 올라갔을 게 틀림없다.

어쩌면 예상했던 것보다 더욱 강력한, 감당할 수 없는 적일지도 모른다는 불안감이 자꾸만 엄습했다.

그 불안감을 해소할 방법은 하나였다.

나머지 마룡들을 처치해 최강의 아지트를 손에 넣는 것.

물론 방법은 이미 강구한 뒤였다.

목룡의 둥지, 돌아오지 않는 숲에 들어서는 발걸음에 자신감이 넘치는 이유도 그 때문이었다.

"이건……?"

숲에 발을 들인 그 순간, 예상치 못한 상황에 의문을 내뱉을 수밖에 없었다.

입구서부터 반겨 줘야 할 강력한 목속성의 몬스터들이 없었다.

아니, 없는 게 아니다. 눈앞에 펼쳐진 녀석들의 흔적.

분명 선객의 증거였다.

'도대체 누가?'

벌써 6막이 시작된 지 5일이 흐른 뒤였다.

당연히 누군가 먼저 다녀갔을 순 있다.

하지만 숲 깊은 곳까지 이어지는 흔적은 단순한 방문객이라고 볼 수만은 없었다.

실력자도 보통의 실력자가 아니었다.

남겨진 흔적을 따라갈수록 그 생각은 확신으로 변했다.

숲 깊숙한 곳까지 이어진 흔적은 목룡의 둥지로까지 이어져 있었던 것이다.

심지어 둥지의 입구를 지키고 있어야 할 놈도 보이지 않았다.

'설마?'

엄습하는 불길한 예감은 틀리지 않았다.

-전체 안내 발송.

-이스턴 소속 입문자 강룡이 생명의 마룡 티아마트 정복.

-이룰 수 없는 기적을 이룬 입문자 강룡에게 모든 능력치 1천, 나무 속성 50퍼센트 부여.

-티아마트를 처치한 입문자 강룡에게 '언령 : 드래곤 슬레이어 부여.

-사대 속성의 정점 중 목의 재앙을 막은 입문자 강룡이 '스킬 북 : 생

령生靈' 획득.

—입문자 강룡이 4개의 위대한 유산 중 하나. '나무 손잡이' 획득.

생각지도 못했던 알림이 귓가로 파고든 것이다.

'절호의 기회다

퀴네에를 착용한 정훈은 이미 목룡의 둥지를 향해 다가가는 중이었다.

생각해 보면 지금이야말로 천재일우의 기회가 아닌가.

본인도 화룡을 상대하기 위해 모든 것을 쏟아야만 했다.

그렇게 생각하면 강룡이란 자가 아무리 뛰어나다 한들 목룡을 쓰러뜨린 지금은 정상적인 상태가 아닐 것이다.

지친 그를 쓰러뜨리고 위대한 유산 및 각종 전리품을 강탈할 수 있는 절회의 기회다.

경쾌한 발놀림으로 목룡의 둥지 내로 진입한 정훈의 고개가 쉴 새 없이 좌우로 돌아갔다.

전쟁이 터진 것처럼 바닥에 생긴 크레이터와 나무 파편들이 사방에 흩뿌려 있다.

그들의 치열한 격전은 울창한 숲을 폐허로 만들어 놓았다.

엄폐물이 사라진 폐허의 중앙에서 낯선 이들을 발견하는건 그리 어렵지 않은 일이었다.

하지만 가까이 접근하는 일은 없었다.

퀴네에의 은신 능력이 대단하다곤 하지만, 만능은 아니기 때문이다.

혹시 모를 사태에 대비하기 위해 멀찍이 떨어진 곳에서 그들을 예의주시했다.

흑, 백, 적, 청의 무복을 입은 노인 네 명이 서로의 등을 맞대어 선 채로 사방을 경계한다.

한눈에 보기에도 범상치 않은 기운을 뿌리는 노인들.

그들은 한 사람을 보호하기 위해 호법을 서고 있었다.

자연스레 시선은 그들에게 가려진 한 사람에게 향했다.

화려한 황금색 무복이 먼저 눈에 들어왔다.

그 복장의 주인은 날카로운 인상을 지닌 30대 사내였다. 다른 노인들과 마찬가지로 몰골이 꽤 망가진 상태인 그는 가부좌를 튼 채로 명상에 잠겨 있었다.

'운기조식.'

비록 이스턴 출신은 아니나 10년 동안 그들과 푸닥거리를 하면서 배운 게 많다.

그중 하나가 운기조식이었다.

어찌 보면 이스턴 무사들의 특징이라고도 할 수 있는데, 그들은 외상과 내상 가릴 것 없이 피해를 받을 경우 이렇게 운기조식으로 상처를 다스린다.

물론 그 상태에 따라 시간이 길어지거나 짧아지거나 하는 등의 차이는 있지만, 그런 사실은 하등 중요한 게 아니었다.

가장 중요한 건 목룡을 죽인 것으로 짐작되는 사내가 운기조식을 하고 있다는 것, 즉 상처를 다스리고 있는 상태라는 점이다.

더욱이 호법을 선 노인들의 상태로 그리 좋아 보이진 않았다.

행색뿐만 아니라 찢어진 무복 사이로 드러난 피부가 시커 멓게 죽어 있었기 때문이다.

생명의 마룡이자 죽음의 마룡이기도 한 티아마트에 의한 상처일 터.

수에선 밀리지만, 충분히 해볼 만한 승부였다. 아니, 단순 히 해볼 만한 승부로는 만족할 수 없다.

확실한 승리, 승부를 좀 더 쉽게 가져가기 위해선 무엇보 다 시작이 중요했다.

"거대한 분노 앞에 공명을 일으켜라."

분노라는 뜻을 지닌 검 그람.

이 검에 내재된 고유 권능, 즉 마력만 있으면 무한으로 발 휘할 수 있는 능력이 '공명하는 분노'였다.

격이 발휘되는 순간 보관함에 있는 모든 검이 분노에 공명 을 일으켜 능력을 개방한다.

현재 정훈의 보관함에 쌓여 있는 검의 개수는 1,500개. 물 론 전설급 이상의 것은 100개가 넘진 않지만, 그래도 1,500 개에 달하는 검의 격과 능력이 동시에 발휘되는 것이었다.

색색의 기운을 갖춘 기운이 해일과도 같이 적들을 향해 밀려갔다.

"기습?"

느닷없이 튀어나온 정훈과 강력한 권능에 당황한 모습이었다.

하지만 그것은 일순간에 불과했다.

어느새 침착함을 되찾은 그들은 저마다의 자세를 취한 채 기운을 끌어올렸다.

고오오―.

그저 기운을 끌어올리는 것만으로 대기가 떨렸다.

하지만 그보다 놀라운 건 네 사람이 각자의 기운을 뿜어낸 것이 마치 하나의 것과 같다는 점이었다.

이렇게 한데 뭉쳐진 기운은 잘 버려진 하나의 검으로 유형화되었다.

완전한 형태를 갖춘 기의 검이 벼락처럼 떨어져 내리자 정훈이 일으킨 해일이 반으로 갈라졌다.

첫 공격의 성공을 바란 건 아니었다.

단지 틈을 만들기 위한 것. 어느새 짓쳐 든 정훈이 백의의 노인을 향해 스퀴테를 휘둘렀다.

강력한 힘이 실려 있으나 그리 정교하지 않은, 투박한 일격이다.

얼른 자세를 고쳐 잡은 백의 노인이 이에 대응하려던 순간이었다.

"으음."

몸의 힘이 빠지는 것을 느낄 수 있었다. 그것은 백의 노인만의 문제는 아니었다.

"사술이로구나!"

대노한 노인들이 소리쳤다.

정훈의 100미터 범위 내에 들어가면서 패시브 스킬인 사지의 영향을 받게 된 것이다.

그렇지 않아도 목룡과의 전투로 능력이 저하된 그들에게 25퍼센트의 능력치 하락은 치명적이라 할 수 있었다.

급격히 힘이 빠지는 것을 느끼면서도 대응은 늦지 않았다.

정확히 스퀴테의 궤도를 막아선 검.

"공간을 꿰뚫어라."

상대의 움직임을 예측한 정훈이 스퀴테를 하얗게 물들였다.

서걱.

"크윽!"

공간을 베는 낫은 눈앞에 펼쳐진 궤도와는 전혀 다른, 백의 노인의 오른쪽 다리를 깊숙하게 베고 지나갔다.

"백노白老!"

균형을 잃고 쓰러지려는 백의 노인의 자리를 흑의 노인이 대신했다.

황의 사내의 호법을 서고 있는 그들은 결코, 자리를 이탈할 수 없었다.

예측 불가능한 스퀴테의 경로를 파악하기 위해 감각을 끌어올린 그들이 다음 동작을 예의주시했다.

"공간의 감옥."

흑의 노인의 주변 공간이 어그러지며 그를 이 세계에서 완전히 분리시켜 버렸다.

짧은 30초 동안 방해꾼을 배제시킨 정훈의 낫은 끈질기게 백의 노인을 쫓았다.

"노옴!"

사술에 의해 흑의 노인이 제압된 상황에서 백의 노인마저 당한다면 걷잡을 수 없다.

어쩔 수 없이 적, 청의 노인이 백의 노인을 돕기 위해 움직였다.

그리고 그건 정훈이 노리고 있던 순간이었다.

백의 노인을 향하던 스퀴테가 사라졌다.

공간을 가른 낫이 향한 곳은 명상에 잠겨 있는 황의 사내의 정수리.

그곳을 향해 맹렬한 속도로 떨어져 내리고 있었다.

애초에 그의 목표는 백의 노인이 아닌 황의 사내였다.

단지 그렇게 보이지 않으려 노력했고, 그 연기는 성공을 거두었다.

"주, 주공!"

백, 적, 청의 노인 모두가 경호성을 터뜨리며 몸을 날렸다.

분명 닿을 수 없는 거리였다.

하지만 주공을 구하겠다는 일념은 몸 안의 잠재력을 폭발시켰고, 불가능을 가능하게 만들어 주었다.

푸욱!

황의 사내를 구하기 위해 몸을 날린 백의 노인의 몸을 스퀴테가 꿰뚫었다.

"커헉!"

그뿐만이 아니다.

나란히 몸을 날린 적, 청의 노인 또한 스퀴테의 제물이 되었다.

주공을 구하겠다는 일념만 있었지, 손익을 전혀 따지지 못한 것이었다.

결국 그들의 충의는 스퀴테에 꿰뚫려 꼬치 신세가 되고 말았다.

'약점은 철저하게 노려야 약점인 법이지.'

평상시엔 어떤지 모르나 현재만 보면 황의 사내는 4명의 노인에게 약점에 불과했다.

그리고 정훈은 철저하게 그 약점을 노렸고, 그 결과는 보는 것과 같이 대성공이었다.

물론 아직 완전히 끝난 싸움은 아니다.

'3, 2, 1, 지금!'

정확히 초를 세고 있던 그의 스퀴테가 일그러진 공간 속에

갇혀 있던 흑의 노인에게 쇄도했다.

"허, 허업!"

30초가 지나 마침내 감옥에서 벗어난 흑의 노인이 참았던 숨을 토해 냈다.

그리고 그는 볼 수 있었다.

바로 눈앞에서 다가오는 검은 광택의 낫 스퀴테를 말이다.

초점이 없는 눈빛으로 그것을 응시했다.

사실 어떻게 할 수 있는 방법이 없었다.

권능이 끝나는 시간을 이용한 그 공격은 피할 수 있는 시간과 틈을 주지 않았다.

"노옴!"

분노한 외침을 끝으로 그의 육신이 세로로 갈라졌다.

누군가 보면 비겁하다 비난할 수도 있는 일이었지만 정훈은 도의道義를 지킬 생각은 추호도 없었다.

'끝까지 살아남는 게 정의다.'

처음부터 지금까지 줄곧 바뀌지 않은 정훈의 신념은 어떠한 일에도 흔들리지 않을 것이다.

차갑게 가라앉은 그의 눈동자가 부동자세로 있는 황의 사내에게로 향했다.

4명의 노인에게선 원하던 것을 얻을 수 없었다.

그 말인 즉 저 황의 사내가 목룡의 전리품을 독식했음을 의미하는 것.

무엇을 망설이랴.

한껏 치켜 든 스퀴테를 아래로 내리그었다.

카각!

손 안에 느껴지는 저항감.

어느새 눈을 뜬 황의 사내가 빛나는 안광으로 정훈을 응시하고 있었다.

밀려오는 괴력을 이겨 내지 못한 정훈이 뒤로 몸을 날렸다.

추가 공격을 경계하며 정면을 응시했으나 황의 사내가 움직이는 일은 없었다.

다만 시선을 돌려 주변의 쓰러진 노인들을 바라볼 뿐이었다.

"그대들의 충의는 결코 잊지 않겠다."

한 자 한 자에 실린 무게가 철근처럼 박혀들었다.

만일 언어라는 것에 힘이 있었다면 이미 정훈의 육신은 한낱 고기 조각이 되어 버렸을 것이다.

'역시 만만치 않군.'

그 속에 깃든 힘을 느끼지 못할 정훈이 아니었다.

만만치 않은 상대, 아니, 지금껏 상대해 온 그 어떤 이들보다 난적이라 할 만했다.

운기조식 중에 처리했다면 더 할 나위 없었겠지만, 실망은 그리 길지 않았다.

"나의 신하 72마신은 계약을 이행하라."

정훈의 몸에서부터 뿜어져 나온 푸른 광채가 오망성을 그렸다.

허공에 그려진 오망성의 중앙, 그곳에 여러 개의 숫자가 번갈아 나타나고, 곧이어 하나의 숫자를 찍었다.

–25권좌의 마신 글라시아 라볼라스가 왕의 요청에 응함.
–글라시아 라볼라스의 권능 '도살' 부여.

부여된 권능을 확인한 정훈은 만족감에 고개를 끄덕였다.

도살은 말 그대로 살인의 기술을 말한다.

이것은 72마신이 지닌 권능 중에서도 몇 존재하지 않는 패시브 타입으로, 권능을 얻은 즉시 모든 인간형 적을 상대할 때 피해가 300퍼센트 증가하게 된다.

각종 보너스가 합쳐진 그의 파괴력은 측정할 수 없는 지경까지 닿아 있었다.

스팟!

정훈의 머리카락 몇 올을 자르고 지나가는 예리한 검.

황의 사내의 발검은 쾌속한 것이어서 정훈조차도 느끼지 못한 사이 공간을 베었다.

특유의 직감이 아니었다면 그 일격으로 목이 잘려 나갔을 터였다.

위험하다. 모처럼 긴장감으로 식은땀이 흘렀다.

상대는 쾌검의 달인이다.

그렇다면 자칫 한순간의 방심으로도 승부가 끝이 날 수도 있다는 것을 뜻했다.

안광에 모든 신경을 집중했다.

바람의 흐름이 변하며 세계의 시간과 그의 시간이 어긋나기 시작했다.

지혜의 가면에 내재된 권능, 어긋난 시간이 발휘된 것이다.

예전 능력치로는 0.5초가 한계였으나 훌쩍 발전한 지금은 약 1초의 시간을 뒤트는 게 가능했다.

능력이 발휘된 사이 다시금 검이 쇄도했다.

일직선을 그린 검 끝이 향한 곳은 정훈의 목젖. 급소만을 노리는 살검殺劍이었다.

조금 전보다 더욱 빨라졌으나 이번에는 정훈도 충분히 준비가 된 상태였다.

고개를 꺾어 검을 피한 후 쭉 뻗은 팔을 타듯 품 안으로 접근했다.

너무도 손쉽게 파훼된 것에 조금은 놀랐는지 황의 사내의 눈동자에 이채가 스치고 지나갈 때였다.

"공간을 꿰뚫어라."

백안으로 변한 스퀴테를 휘둘렀다.

팽이가 돌듯 한 바퀴 회전한 황의 사내가 스퀴테의 경로를 향해 검을 뻗었으나 그것은 노림수였다.

공간을 꿰뚫은 스퀴테의 날은 그 반대 방향으로 불쑥 튀어 나와 사내의 왼쪽 관자놀이를 노렸다.

카앙!

기대했던 살을 가르는 게 아닌 금속의 마찰음이 울려 퍼졌다.

황의 사내의 검은 예상했던 경로가 아닌, 공간을 꿰뚫은 방향을 가로막고 있었다.

'동요가 전혀 없어?'

상식의 궤를 달리하는 변칙적인 공격에도 일체의 동요가 없다.

상대의 실력이 범상치 않기에 성공까진 바라지 않았었다.

다만 당황한 순간을 노려 연계를 펼치려 했던 게 쓸모가 없어진 것이다.

마치 그건 미리 그곳으로 올 줄 알고 있었던 것처럼 태연하기 그지없었다.

"잔재주 따위……!"

맞댄 무기를 통해 거력이 쏟아졌다.

"크흡!"

다급히 무기를 거두어들였으나 그 짧은 순간 전해진 거력이 몸안을 헤집어 놨다.

일순 느껴지는 고통은 마치 전기에 감전된 것처럼 찌릿찌릿한 충격과 함께 몸을 둔화시켰다.

슈슈슉.

날카로운 바람소리와 함께 상단, 중단, 하단 쪽을 향해 쇄도하는 검. 속도, 방향 모든 게 저마다의 변화를 품은 검이었다.

평상시에도 받기 쉽지 않은 검인데 지금은 내부가 진탕되어 운신도 쉽지 않은 상황이었다 정훈의 판단은 빨랐다.

퀴네에를 뒤집어씀과 동시에 그 권능을 발휘했다.

곧이어 회색의 공간만이 가득한 곳으로 배경이 바뀌었다.

물론 그를 노린 검 또한 의미 없이 허공을 스치고 지나갈 뿐이었다.

"갈喝!"

힘을 실은 외침은 파동이 되어 그 주변의 공간을 찢어 버렸다.

단절된 차원 속에 있던 정훈의 실체가 드러나고…….

푸슉.

앞으로 뻗은 황의 사내의 검에서 쏘아져 나온 광선에 왼쪽 팔뚝이 꿰뚫렸다.

"큭!"

숱한 위기 속에서도 별반 큰 상처를 입지 않았던 정훈이었다.

하지만 이번만큼은 피할 수 없었고, 팔에서부터 피어나는 고통의 열꽃에 얼굴을 찌푸릴 수밖에 없었다.

고개를 들자 바로 정면에 검을 수직으로 세운 황의 사내가 있었다.

이내 검 끝으로 황금색 기운이 모여 들며 정훈을 향해 쏘아졌다.

두 눈에 모든 신경을 집중하며 시간을 뒤틀었지만, 흐릿한 잔상이 보일뿐 궤적을 확인하는 건 불가능한 일이었다.

사력을 다해 몸을 비틀었다.

서늘한 감각이 발끝을 스치고 지나갔다.

근소한 차이로 사내의 공격을 피할 수 있었으나 스친 허벅지 사이로 선혈이 새어 나오고 있었다.

'지금 능력치론 상대할 수 없다.'

지금의 능력치론 상대가 구사하는 쾌검술을 파악하는 건 불가능한 일이었다.

"최후의 싸움이 도래했으니 발키리, 나의 전사들아 소환에 응해라."

언제까지 당할 순 없는 일.

반격의 실마리를 풀기 위해 오딘 무장의 격, 발할라를 발휘했다.

마력의 상승으로 더욱 많은 은빛 투구의 발키리들이 정훈과 황의 사내를 감쌌다.

족히 1만은 되어 보이는 어마어마한 전사들이 운집해 있었다.

범인이라면 그 숫자에 압도되어 당황할 법도 하건만······.

"허상은 사라져라!"

황의 사내는 범인의 범주에 들지 않았다.

조금 전과 마찬가지로 기합을 터뜨리며 주변으로 파동을 내뿜었다.

놀라운 건 그로 인해 벌어지는 광경이었다.

기합에 의해 실체화된 발키리들 대다수가 소멸을 면치 못했다.

1만은 되어 보이던 숫자는 고작해야 2천 정도로 줄어들었다.

'말도 안 돼!'

이계에 소환되고 난 이후 이토록 놀란 적은 처음이었다.

무구의 격으로 실체화된 존재를 고작 기합만으로 소멸시킬 수 있다니. 이게 정녕 현실인지 의심될 정도였다.

"전투 준비!"

하지만 이내 정신을 차린 정훈의 명령에 발키리들이 각자의 무기를 황의 사내에게로 정조준했다.

"말살해라!"

쿠쿠쿠쿠쿠.

비록 80퍼센트 이상이 소멸했으나 그래도 2천이라는 숫자가 남아 있었다.

게다가 이들이 펼친 건 고유의 능력이 아닌 정훈이 지니고 있었던 무구의 격.

세상이 흔들리며 가지각색의 색을 지닌 기운이 황의 사내를 향해 쏟아졌다.

경천동지할 그 위력에도 황의 사내는 한 점의 동요도 없었다.

한 손으로 쥐고 있었던 검을 양손으로 쥐었다.

두 팔을 들어 하늘과 맞닿도록 검을 위치시킨 후 느릿하고 가볍게 아래로 내리그었다.

그것으로 끝이었다.

2천의 발키리가 발휘한 격은 처음부터 존재치 않았던 것처럼 소멸해 버렸다.

황의 사내가 지닌 건 쾌검뿐만이 아니었다.

미증유의 힘을 품은 중검重劍 또한 능숙하게 다룰 줄 알았다.

"열려라, 마의 소굴로 통하는 문이여."

발키리들이 벌어 준 시간, 정훈은 그 시간을 이용하여 마계 귀환 스킬을 발동했다.

보랏빛 색채를 띤 차원의 문이 눈앞에 모습을 드러냈다.

생성된 문을 응시하던 정훈은 곧장 그곳을 향해 몸을 날렸다.

"어딜 도망치느냐!"

물론 황의 사내는 순순히 보낼 의사가 없었다.

앞으로 뻗은 그의 검에서 광선과도 같은 기운이 쏟아져 나왔다.

하지만 그보다 더 정훈의 몸놀림이 빨랐다.

이미 그의 몸은 마계로 향하는 입구 속으로 사라진 뒤였다.

쾅!

정훈의 육신이 사라진 후 한 발 늦게야 문을 두드렸다.

"노옴!"

눈앞에서 원수를 놓친 황의 사내의 분노가 사방으로 뻗어 나갔다.

털썩.

토해 내듯 문 밖으로 튀어 나온 정훈이 지면에 몸을 뉘었다.

몸을 추릴 새도 없이 일어나 주변을 돌아보았다.

피처럼 붉은 태양만이 세상을 비추고 있는 적막한 암흑의 세계.

그가 가고자 했던 마계가 틀림없었다.

"후우."

그제야 온몸을 옥죄고 있던 긴장감에서 벗어날 수 있었다.

잠시 바닥에 주저앉은 그는 이마를 흥건히 적시고 있는 식은땀을 훔쳐 냈다.

"잠자는 사자의 코털을 건드린 꼴이로군."

처음으로 실패를 맛보는 순간이었다.

솔직히 이토록 낭패를 볼 줄은 몰랐다.

목룡이라는 강적을 상대하고 난 이후였기 때문에 낙승을 예상하고 있었건만.

하지만 기대했던 낙승은커녕 변변한 저항 한번 해 보지 못한 채 도망치고 말았다.

"끝날 때까지 끝난 건 아니지."

수족이라 생각되는 4명의 노인을 죽임으로써 그와 황의 사내는 불구대천지의 원수가 되었다.

같은 시나리오에 묶인 이상 누구 하나가 죽어야만 끝나게 되는 싸움이 시작된 것이다.

당연히 마계로 몸을 피한 것 또한 승부를 피하고자 함이 아니었다.

단지 할 수 있는 모든 방법을 동원하기 위해 일보 후퇴한 것이다.

그의 시선이 중지에 낀 솔로몬의 반지로 향했다.

마기를 정화해 착용자의 능력을 비약적으로 상승시켜 주는 신기.

그 마기를 얻기 위한 장소로 마계만 한 곳을 찾기는 힘들 것이다.

예전 같았으면 휘하의 군세를 이용해 손쉽게 능력을 얻었을 테지만, 호루스와 오시리스를 상대하느라 모두 잃어버렸기에 방법이 없었다.

물론 귀찮은 과정을 감수하는 만큼 풍족할 만큼의 마기를 수확할 것이다.

'그리고 이것⋯⋯.'

고작 마기만으로 황의 사내와의 차이를 좁히는 건 무리가 있다.

정훈이 준비한 또 하나.

그것은 기하학적인 문양이 그려진 가죽 주머니였다.

찰랑.

주머니를 흔들자 속에 든 액체가 출렁이며 소릴 냈다.

언뜻 봐서는 그리 큰 가치가 없는 것으로 보이나 사실 지금 정훈이 지닌 모든 소비 용품 중에서도 다섯 손가락 안에 드는 고급의 것이었다.

최후에, 최후의, 최후를 위해서 남겨 둔 것으로, 지금이 바로 그 순간임을 직감하고 있었다.

'실력은 네가 앞설 수 있을지 몰라도 템발은 내가 앞선다.'

보관함에 들어찬 아이템을 보자 자신감이 생겨난다.

어떠한 난적을 만난다 해도 이 아이템들만 있다면 절대 지지 않으리라.

만족감에 고갤 주억거린 그가 마침내 발걸음을 떼었다.

"뇌에 근육만 찬 머저리 새끼들아. 63권좌의 한정훈 님이 오셨다. 다들 무릎 꿇고 죽음을 준비해라!"

잔뜩 힘을 실은 정훈의 외침이 마계 곳곳으로 뻗어 나갔다.

효과는 확실했다.

기의 유동에 예민한 마계의 포식자들이 슬금슬금 기어 나오기 시작한 것이다.

물론 고작 그 정도로 만족할 정훈이 아니었다.

곧장 몸을 튕기며 북쪽을 향해 나아갔다.

빠르지도, 그렇다고 느리지도 않은 그를 따라 수많은 마계의 생물들이 이동을 시작했다.

그렇게 잠시 후, 정훈을 따르는 숫자는 걷잡을 수 없이 불어나 대이동을 연상케 할 정도가 되었다.

Chapter 7

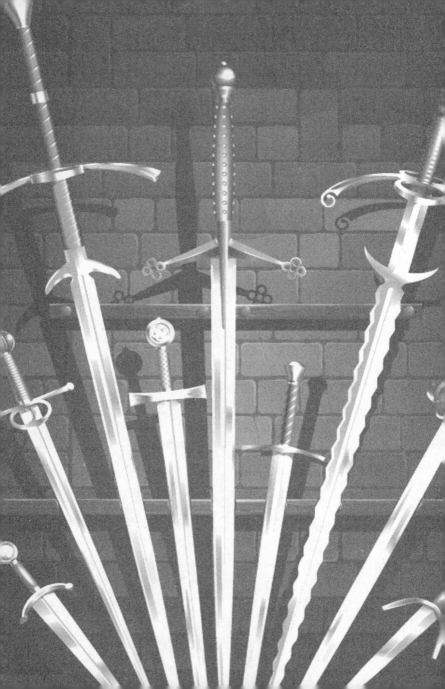

"노옴!"

분노한 황의 사내의 외침이 천지에 진동했다.

하지만 아무리 거센 외침도 사라진 정훈을 돌아오게 할 수는 없었다.

"어찌, 어찌 이런 일이……."

비록 패한 건 아니나 원수를 눈앞에서 놓친 허탈감에 주저앉을 수밖에 없었다.

실패였다.

31년이라는 짧지 않은 인생을 살아오며 단 한 번도 느껴본 적 없던 감정이 가슴속에 소용돌이 쳤다.

황의 사내, 아니 천하제일가天下第一家의 삼남인 강룡.

지금껏 그의 인생에서 실패란 단어는 존재하지 않았었다.

태어난 가문부터가 이스턴의 제일세가 강씨 가문이었다.

타고난 재능은 모든 인재들 중에서도 으뜸이었으며 외모는 물론 인격까지 완벽 그 자체였다.

그것만으로도 충분히 실패를 모르는 인생이라 할 수 있을 것이다.

하지만 그에겐 숨겨진 비밀이 하나 더 있었다.

바로 고금제일인이라 칭해지는 신마의 다섯 번째 제자라는 신분이었다.

그 이전에도 뛰어난 모습을 보였던 그였으나 신마를 만난 이후에는 마치 물 만난 물고기처럼 날뛸 수 있었다.

출생에서부터 스승에 이르기까지 모든 것이 최고였다.

모든 것을 다 가진 만큼 실패를 몰랐고, 그것은 이계에서도 마찬가지였다.

뿔뿔이 흩어져 단신이 된 다른 이들과 달리 가문의 사대호법과 함께 이계로 소환된 강룡, 그는 파죽지세처럼 시나리오를 해결해 나갔다.

거기서 발생하는 모든 보상과 지위는 강룡의 것이었다.

그럴 수밖에 없는 게 젊은 가주에 대한 무한한 신뢰를 지닌 호법들이 그 모든 것을 양보했기 때문이다.

보상을 독식한 강룡은 빠르게 성장할 수 있었고, 5막을 마쳤을 땐 초기화되기 전보다 더욱 강력한 무위를 손에 넣을 수 있었다.

그렇게 바람에 돛 단 듯 순항이 이어질 것처럼 보였다.

적어도 티아마트라는 암초를 만나기 전까지는 말이다.

너무 뛰어난 것도 문제라면 문제일 것이다.

강룡과 사대 호법은 순식간에 주변의 모든 몬스터들을 처리했고, 숲 깊숙한 곳에 숨겨져 있었던 티아마트의 둥지를 발견하고 말았다.

당연히 그곳을 지키는 수호자 놈과 마주쳤고, 압도적인 실력으로 녀석을 꺾는 덴 성공할 수 있었다.

마룡의 봉인을 해금하는 조건에는 솔로몬의 신기를 지니고 있는 것 외에도 압도적인 실력으로 수호자를 꺾는 방법이 있다.

강룡은 후자의 조건을 통해 각성한 티아마트와 대면하게 되었다.

멸화의 마룡 파프니르가 그러했던 것처럼 티아마트 또한 만만치 않은 상대였다.

치열한 격전 끝에 녀석을 쓰러뜨리는 덴 성공할 수 있었지만, 대신 내부를 뒤흔드는 죽음의 기운과 맞서야만 했다.

상세를 회복하기 위해 호법들에게 호위를 부탁한 후 운기조식에 들어갔다.

비록 정상적인 상태가 아니라곤 하나 사대 호법이 있는데 무슨 일이 일어날까 싶었던 것이다.

하지만 그의 예상은 빗나가고 말았다.

"모든 게 내 불찰이다."

탁기가 몸 안에 가득 차 있었다곤 하나 충분히 몸을 옮길 시간은 있었다.

조금 불편하더라도 보다 안전한 방법을 택했어야 했거늘.

물론 후회 한들 과거로 되돌아갈 순 없는 노릇이었다.

"부디 편히 눈을 감으시오."

억울함에 감지 못한 호법들의 눈을 감겨 주었다.

눈가를 쓸어내릴 때마다 가늘게 떨려 왔다.

오랜 시간 동안 함께해 온 혈육과도 같은 존재들였기에 그들의 죽음을 받아들이는 게 그리 쉽지는 않았던 것이다.

"내 이 원한은 수천, 수만 배로 갚을 테니."

이가 부서지도록 꽉 다물었다.

은혜는 2배로, 원한은 100배로.

그것이 강룡의 신념이었다.

혈육과 마찬가지였던 호법들이 죽은 이상 삼족을 멸하는 것은 물론 녀석을 아는 모든 존재를 말살해 버리리라.

그것이 설혹 이곳에 있는 모든 생명을 죽여야 하는 살육의 길이라 해도 망설이진 않을 것이다.

그의 눈이 결의로 번뜩일 그 무렵이었다.

콰아아.

원수를 집어삼켰던 보랏빛 문이 모습을 드러냈다.

'설마?'

문이 나타났다는 게 무엇을 의미하겠는가.

강룡의 눈동자에 기광이 스치고 지나갔다.

"여어, 아직 있었네? 반갑다."

과연 기대는 빗나가지 않았다.

문을 넘어 모습을 드러낸 건 사대 호법을 죽인 원수, 정훈이었다.

"이노옴!"

천지에 진동하는 사자후獅子吼가 터져 나왔다.

찌르르.

대기를 통해 전해져 오는 힘이 예사롭지 않았다.

'하지만 전만 못해.'

불과 조금 전만 해도 더 큰 위압감을 느꼈을 터였다.

하지만 지금은 다르다. 강룡의 사자후는 강풍이 아닌, 그저 스쳐 지나가는 바람에 불과했다.

그가 약해진 게 아니다. 정훈이 강해진 것이다.

이미 그는 마계에서 많은 준비를 마친 뒤였다.

명절 대이동을 연상케 할 만큼 수많은 마계 생물을 끌어들여 마기를 축적했다.

정화된 마기는 고스란히 정훈의 능력치를 선물했다.

그것도 일전 파프니르를 상대했을 때 맛보았던 화의 경지를 말이다.

물론 그것만이라면 이곳에 나타나지 않았을 것이다.

화의 경지가 대단한 건 사실이나 사기적인 강룡의 무공을 상쇄할 만큼의 것은 아니었다.

그래서 그간 아끼고 아꼈던 '해독의 물약'을 복용했다.

이 물약은 중독도를 평소의 3배만큼이나 늘려 주는 불멸급의 소비 아이템이었다.

비록 등급은 불멸이지만, 희귀도나 효과를 따져 보면 태고급에도 뒤처지지 않는 귀중한 것이었다.

정훈의 강인함으로 복용할 수 있는 물약의 최대치는 5개였다.

하지만 일시적으로 능력치가 화로 상승하면서 6개로 늘었고, 해독의 물약의 통해 3배 적용, 총 18개의 물약을 복용할 수 있게 되었다.

태초급의 아이템을 얻을 수 있는 찬스였다.

이 기회를 놓칠 수 없었던 정훈은 떨리는 손을 부여잡고 온갖 희귀한 물약을 들이켰다.

하나하나가 불멸급에 달하는 전투 물약이다.

일순간에 18개의 물약이 사라졌지만, 대신 정훈은 강력한 무위를 손에 넣을 수 있었다.

순수한 무력만 본다면 지금 정훈의 상태는 조금 전의 3배에 달할 정도였다.

슈아아아.

그 변화를 확인할 수 있는 건 강룡이 펼친 공세를 통해서였다.

마치 광선과도 같은 검기.

조금 전에는 감지하는 것도 힘든 궤적이 선명하게 시야로 들어왔다.

스퀴테를 대신해 손에 쥔 그람이 유연한 궤적을 그렸다.

황금빛 궤적은 정확히 광선 형태의 검기를 갈라 소멸시켰다.

놀란 강룡의 시선이 뒤따랐다.

피하는 데만 해도 급급했던 자신의 일점을 정확히 상쇄시켰기 때문이었다.

하지만 계속 놀라고 있을 순 없었다.

어느새 공간을 좁힌 정훈이 다가와 검을 휘두르고 있었기 때문이다.

재빨리 출수한 검을 거둔 강룡이 그 궤적에 검을 가져다 댔다.

카앙!

"크흑!"

신음을 내뱉은 강룡이 멀찍이 미끄러졌다.

일격에 깃든 힘이 너무도 강맹했다.

강맹해진 것은 비단 힘뿐만이 아니다.

숱한 경험이 선물한 육감이 아니었다면 반응조차 하지 못했으리라.

조금 전과는 다르다.

강룡은 인정하지 않을 수 없었다.

지금 눈앞에 있는 적은 조금 전의 그와는 차원이 다른 존재라는 것을 말이다.

상대를 인정하는 순간 그의 기도가 달라졌다.

파문 한 점 없는 호수처럼, 명경지수明鏡止水의 상태를 유지한다.

'숨기고 있었던 수가 있었나 본데.'

정훈은 그러한 상대의 변화를 간파하고 있었다.

상대 또한 한 수를 숨기고 있었던 게 분명하다.

하지만 아랑곳하지 않는다.

무엇을 숨기고 있건 압도적인 힘 앞에선 무너져 내리게 되어 있으니까.

가장 간결한 동작으로 그람을 뻗었다.

묘리가 깃든, 대단한 무공의 초식은 아니나 무엇보다 빨랐고, 또한 위력적인 일격이었다.

빛살처럼 나아간 그람이 강룡의 목을 관통할 무렵이었다.

스스슥.

손 안에 느껴지는 감각이 이상했다.

마땅히 무언가와 충돌했다면 그에 따른 반발력이 생겨야 하건만, 마치 모래에 넣은 것처럼 빨려 들어가는 느낌이었다.

의아함을 느꼈으나 공격을 멈추는 일은 없었다.

사방에서 몰아치는 칼날의 폭풍이 강룡을 난도질했다.

문제는 강룡이 전혀 영향을 받지 않는 것이었다.

평온한 얼굴의 그는 그람이 오는 궤적에 그저 검을 가져다 댈 뿐이었다.

언뜻 보기엔 평범한 방어처럼 보이나 그의 동작에는 엄청난 검의 묘리가 숨어 있었다.

지금까지는 살상에 유리한 몇 가지를 운용했지만, 실상 그의 검법은 공격 일변도와는 거리가 멀었다.

신마의 검법 중 유流의 묘리만을 극대화해 만들어진 검법인 파공식破攻式.

단순해 보이는 강룡의 동작에 스며든 검의 묘리가 모든 공격을 파훼한다.

스승인 신마의 검도 뚫지 못했던 최강의 방어 검식이었다.

"태양이 떠오르니, 모든 존재를 멸하리라."

검격이 소용없음을 깨달은 정훈은 급기야 태양구를 발휘했다.

작은 태양이 생성되어 공중에서 떨어져 내렸다.

일대를 초토화시킬 위력적인 스킬이라면 결코 피하지 못

할 것이라는 계산이었다.

하지만 그건 착오였다.

태양구와 맞닿은 강룡의 검은 태양구마저도 파훼했다.

이 강력한 에너지는 처음부터 존재하지 않았던 것처럼 소멸했다.

정훈의 시도는 이에 그치질 않았다.

근접, 원거리, 마법, 속성을 이용한 다양한 공격이 강룡에게 쇄도했다.

하지만 그 어떤 시도도 성공할 수 없었다.

무적. 현재 강룡의 상태와 가장 적합한 단어일 것이다.

놀라운 건 무적을 자랑하는 방어 검식만이 아니었다.

스윽.

뺨을 스치고 지나가는 서늘한 기운에 그곳에 손을 가져가 보았다.

따끔한 고통과 함께 촉촉한 액체가 만져졌다.

그리고 손가락 사이를 물들이고 있는 건 새빨간 선혈이었다.

'언제?'

인지하지도 못한 사이 뺨을 베었다.

그것은 수비 일변도의 파공식 중 유일한 공격 초식으로, 적에게 받은 힘을 축적시켜 돌려주는 회回였다.

축적된 기운만큼 더욱 강력한 일격을 날린다.

유일한 단점이라면 그 힘을 제대로 컨트롤할 수 없다는 것이다.

만약 이를 의지대로 다스리는 게 가능했다면 이번 일격으로 정훈의 목이 달아났을 터였다.

'위험하다.'

하지만 정훈은 충분히 위기의식을 느끼는 중이었다.

이번은 운이 좋아 빗나갔다곤 하지만 만약 제대로 급소를 노렸다면 어떻게 됐을까.

아마 그걸로 목숨을 잃었을 게 틀림없었다.

물론 목숨이 하나 더 있긴 하지만 예비 목숨을 함부로 날려 먹을 순 없는 일.

승부를 빠르게 마무리 지어야만 했다.

여전히 평온한 얼굴의 강룡을 주시했다.

'최강의 방패를 뚫기 위해선 최강의 창이 되는 수밖에.'

위험 부담이 있는 기술이었기에 자제하고는 있었으나 더는 선택의 여지가 없다.

"내 몸에 용의 피가 흐른다."

두근.

심장박동이 천둥처럼 귓가를 강타했다.

"뭐, 뭣?"

그와 동시에 시작된 변화는 평온한 강룡의 표정마저도 깨뜨렸다.

우드득.

뼈가 뒤틀리며 근육이 부풀어 올랐다.

그 변화의 순간은 찰나에 불과했다.

짧은 순간, 정훈은 전혀 다른 사람, 아니, 괴물이 되어 있었다.

붉은 비늘, 섬뜩한 파충류의 눈, 박쥐의 날개를 닮은 듯한 날개, 드래곤의 외형과 인간이 합쳐진 그 모습은 드래고니안이었다.

이는 파프니르가 드롭한 스킬 북을 통해 얻은 변신 능력이었다.

4대 마룡을 처치할 경우 25퍼센트의 확률로 고유 드롭 스킬 북인 드래고니안을 얻는 게 가능하다.

그리고 운 좋게도 정훈은 그 확률에 당첨되어 스킬을 습득할 수 있었다.

스킬을 발동하는 즉시 용인화龍人化가 진행되어 근력과 순발력이 즉시 한 단계 격상하고, 격상한 경지의 한계 수치로 능력치가 고정된다.

오직 각성한 4대 마룡을 통해서, 그것도 확률적으로 얻을 수 있는 것이기에 사기적인 능력치를 가진 건 사실이다.

하지만 이 스킬에는 결정적인 단점이 하나 있었다.

용인화를 발동하기 위해 강인함의 90퍼센트를 제물로 바쳐야만 한다는 것.

강인함이 무엇인가.

달리 말하면 입문자의 내구성을 뜻한다.

한 대 맞고 죽을 걸 두 대로 늘려 주는 게 바로 이 강인함이란 능력치였다.

이 중요한 능력치를 90퍼센트나 희생해야 한다는 건 정훈에게도 부담될 수밖에 없다.

양날의 검.

지금 그는 자신에게 날을 들이댈 수도 있는 위험한 스킬을 발동했다.

모든 건 최강의 방패를 손에 쥔 강룡의 검식을 깨기 위함이었다.

몸 안을 휘젓는 막대한 기운을 느끼며 화신을 쥐었다.

그건 의외의 선택일 수밖에 없었다.

더 높은 등급의 무기를 놔두고 왜 불멸급 무기를 선택했을까?

바로 멸화라는 언령의 힘을 활용하기 위함이었다.

파프니르를 처치해 얻은 이 언령의 효과는 화속성의 500퍼센트 증가다.

무려 500퍼센트. 다른 특수 능력을 제외한 파괴력만을 생각해 보면 정훈의 선택은 당연한 것이었다.

손안에서 타오르고 있는 불꽃의 검을 양손으로 꽉 쥐었다.

순수한 근력에서만 뿜어져 나오는 파괴력을 한계로 끌어

올리기 위해 근육 하나하나의 힘을 끌어모았다.

화르르륵.

정훈의 의지에 공명한 화신이 거센 불길을 뿜어 대기 시작하더니 처음에는 하얗게, 조금 후에는 투명하게 변했다.

그간 감춰져 있었던 무화武火의 불꽃이 발휘된 것이다.

화속성 무구의 숨겨진 권능을 개방하는 멸화의 효과가 아니라면 결코 발휘할 수 없는 능력이었다.

모든 준비를 마친 정훈이 마침내 정면을 응시했다.

일순간 일어난 변화에도 변함없이 담담한 기세로 답하고 있는 강룡이 보였다.

무슨 잔재주가 필요하랴. 필요한 건 오직 혼신의 힘을 다한 필살의 일격이었다.

쾅!

진각에 의해 만들어진 구덩이를 뒤로한 정훈의 육신이 튕겨져 나갔다.

눈앞에 고요한 기세를 피어 올리는 강룡이 서 있다.

무적의 방패. 아니, 지금 이 순간 그는 무적이 아닌 자신의 손에 무참히 찢겨져 나갈 종잇조각에 지나지 않는다.

그 의지를 담은 그의 화신이 마침내 일직선을 그리며 강룡을 베었다.

물론 강룡 또한 이에 맞서 모든 공격을 파훼하는 검을 들었다.

서로의 육신이 교차하는 바로 그 순간 아주 작은 섬광이
일었다.

　그리고 그 작은 변화는 승부의 향방을 알려 주는 것이었다.

"어떻게?"

　불신으로 물든 강룡이 고개를 돌려 정훈을 응시했다.

"어떻게는 무슨. 네가 나보다 약해 빠진 거지."

　뒤도 돌아보지 않은 정훈의 한마디와 함께 강룡의 육신이
새하얗게 물들었다.

　아무리 파공식의 변화가 대단하다곤 하나 한계라는 게 엄
연히 존재하는 법.

　정훈의 일격에 실린 힘은 파공식이 담을 수 있는 한계를
넘어 강룡에게 치명상을 줄 수 있었다.

　결국 최강의 창이 무적의 방패를 뚫는 데 성공한 것이다.

　하얗게 변한 육신은 재가 되어 바람에 휘날렸다.

　그곳에 남은 것이라곤 강룡이 평소 지니고 있었던 각종 전
리품.

　수많은 전리품 중 정훈의 눈에 가장 먼저 들어온 건 작디
작은 반지 하나였다.

　비록 크기는 작다고 해서 가치가 작은 건 아니다.

　생동감 넘치는 황룡이 양각된 그것은 바로 용환이었다.

　그리 놀랍진 않다.

　사실 어느 정돈 예상하고 있었기 때문이다.

아무리 이스턴의 수준이 높다 해도 강룡 정도 되는 수준이라면 손가락에 꼽는다.

적어도 신마의 제자가 아니라면 그 강함을 설명할 수 없었던 것.

벅찬 희열을 안고 렐레고의 부적을 발동했다.

지면을 가득 장식하고 있었던 전리품이 모두 그의 보관함에 들어왔고, 그 모든 정보가 머릿속에 입력되었다.

"아하!"

자신도 모르게 감탄사를 내뱉을 수밖에 없었다.

전리품 하나하나의 질이 뛰어난 것도 있지만, 무엇보다 2개의 용환을 얻게 되면서 생긴 새로운 효과 덕분이었다.

용환龍環 : 쌍룡(황黃, 흑黑)

등급 : 태초
효과 : 모든 능력치 50퍼센트 증가, 10퍼센트의 확률로 50퍼센트 추가 피해, 무극지도의 효과 10퍼센트 효과
설명 : 10개로 이루어진 용환 중 다섯 번째와 열 번째의 반지가 융합한 반지. 쌍룡의 조화가 이루어지면서 용환의 일부 힘이 개방되었다.

10개 중 고작 2개를 모았을 뿐인데도 그 효과가 어마어마했다.

만약 10개를 모두 모은, 온전한 태초 등급의 용환을 얻게 된다면 어떻게 될까.

'세계를 파괴할 수 있다는 힘도 거짓은 아닌 모양이로군.'

실제로 확인하지 못했던 태초급의 능력이 베일을 벗는 순간이었다.

반드시 용환을 손에 넣어야 할 동기가 부여된 셈이지만, 그 과정이 그리 쉽지가 않다는 게 문제다.

'녀석이 다섯 번째라면 나머지 넷은 얼마나 강한 거지?'

신마의 제자 서열은 오직 실력으로 결정된다.

다섯 번째인 강룡이 이 정도일진대 나머지 일, 이, 삼, 사 위의 무력은 예측이 불가능할 수밖에 없었다.

불현듯 불안감이 엄습했다.

어쩌면 강룡과 같은 신마의 제자들이 같은 시나리오에 묶여 있을지도 모른다.

운이 좋아 하위의 제자들과 만날 수 있겠지만, 만약 상위의 제자들이라면.

'후우, 산 넘어 산이라더니.'

지금의 무력이라면 어디 가더라도 꿀리지 않는다. 하지만 그 생각은 강룡을 만나면서 뒤바뀌었다.

이 넓은 세계에 숨은 강자는 널리고 널렸다.

결코 자만해서 안 된다는 사실을 새삼 깨달았다.

안주하는 게 아니라 당장에라도 죽을 수 있음을, 살아남기 위해선 정진하고 또 정진해야만 한다는 것을 말이다.

알게 모르게 마음속에 잠식하고 있었던 자만감을 지금 이 자리에서 털어 냈다.

복잡한 상념을 지우자 머릿속이 명쾌해졌다.

그렇다고 당장 무언가가 달라지는 건 아니다.

우선은 주어진 일에 최선을 다할 뿐이다.

'무극지도.'

보관함에 들어온 아이템을 추렸다.

그중 손에 쥔 것은 황색 테두리가 돋보이는 책자였다.

설화 때와 마찬가지로 시스템의 개입을 통해 스킬 북을 얻을 수 있었던 것.

그것도 사기라 여겼던 강룡의 최강 수비 검식, 파공식이었다.

그 위력이야 겪어 본 그가 제일 잘 안다.

곧장 책장을 펼쳐 스킬을 습득했다.

파공식破攻式(액티브)

효과 : 상대 공격의 피해를 10퍼센트 파훼한다.
숙련도 : Lv. 1(0퍼센트)
설명 : 신마가 우화등선하기 전 남긴 검법의 제오 초식. 세상 만물의 이치를 검에 담아 두었다.

액티브 스킬인 탓에 숙련도라는 게 존재했다.

사용하면 사용할수록 숙련도는 늘어나 더욱 강력한 위력을 발휘할 터.

단점이라면 스킬을 유지하는 마력이 어마어마하다는 것.

초에 이른 정훈도 고작해야 5분 정도를 유지하는 게 다였다.

게다가 마력 소모에 비해 발휘되는 효과도 그리 매력적이지 않다.

'액티브 스킬은 숙련도를 올려야 해서 영 별로란 말이야.'

물론 이러한 단점은 숙련도가 올라갈수록 해결될 것이다.

그전까지는 죽어라 숙련도 노가다를 하는 수밖에 없었다.

당분간의 고생을 뒤로한 그는 십자가 형태의 나무 손잡이를 꺼냈다.

언뜻 봐서는 조악한 솜씨로 만든 손잡이지만 그것이 지니는 가치는 결코 평범한 게 아니었다.

나무 손잡이

등급 : 태초
설명 : 위대한 유산 중 하나. 다른 3개의 유산을 모은다면 하늘이 내려 준 신기를 얻을 수 있으리라.

현재 정훈이 지닌 위대한 유산은 2개. 나무 손잡이에 이어 불꽃의 검날을 꺼냈다.

본래 이렇게 임의로 나눠진 아이템의 경우 보관함에 들어가게 되면 자동적으로 합쳐진다.

하지만 위대한 유산만큼은 달랐다.

주인이 원할 때 합치는 게 가능한 것이다.

철컥.

마침내 오랜 시간을 지나 불꽃의 검날과 나무 손잡이가 하나가 되었다.

> **불과 나무의 검**
>
> **등급 : 태초**
> **설명 :** 위대한 유산 중 불과 나무가 만나 하나의 검이 되었다. 비록 외형은 갖췄으나 아직 검혼劍魂이 깃들지 않은 탓에 별다른 능력을 발휘할 순 없다. 나머지 다른 2개의 유산을 모은다면 하늘이 내려준 신기가 깨어나게 될 것이다.

'쯧, 아쉽네.'

용환과 마찬가지로 2개를 합치면 어떤 능력이 발휘되지 않을까 싶었으나 예상은 빗나가고 말았다.

예상컨대 4개를 모두 모으기 전까진 그 어떤 능력도 발휘할 수 없으리라.

그래도 크게 실망하진 않았다.

용환의 일부 능력 개방과 무극지도의 오 초식을 얻은 것만 해도 충분한 수확이었다.

'목룡의 언령을 잃은 게 흠이긴 하지만.'

하지만 아직 2마리의 마룡이 남았다.

두 번 실수는 없어야만 한다.

지금처럼 누군가 선수를 치기 전에 녀석들을 처치할 테니까.

의지를 움직인 그의 육신이 폭발하듯 그곳을 벗어났다.

다행히 정훈이 우려한 사태는 일어나지 않았다.

수룡 레비아탄과 풍룡 우로보로스는 한층 전력이 상승한 정훈의 손에 의해 죽음을 맞이했다.

나무를 제외한 나머지 3대 속성의 언령을 얻는 데 성공한 것은 물론 위대한 유산 2개를 획득하는 것마저 성공했다.

하지만…….

'유산 4개만 모으면 된다더니.'

한숨이 절로 나왔다.

그럴 수밖에 없는 게 기대했던 태초급의 무기를 얻지 못했기 때문이다.

불과 나무와 바람과 물의 검

등급 : 태초
설명 : 위대한 유산 중 불과 나무, 바람과 물이 만나 하나의 검이 되었다. 모든 유산이 하나가 되었으나 혼魂이 깃들지 못해 능력을 발휘할 수 없다. 유실된 혼을 찾아라. 그리하면 하늘이 내려준 신기가 깨어나게 될 것이다.

당연히 유산 4개를 모으는 즉시 태초급의 검을 얻을 수 있

을 줄 알았다.

하지만 이게 웬걸.

예상과 다르게 유산만으로는 완성이 되지 않았다.

그래. 그럴 수 있다.

아무리 사대 마룡이 대단한 존재라곤 하나 태초급의 무기를 주기엔 조금은 부족한 건 사실이니까.

그건 인정하는 바다.

그래도 단서는 줘야 할 것 아닌가.

유실된 혼이라는 것을 어디서 찾아야 할지 어떠한 단서도 없었다.

'뭐, 아예 짐작이 가지 않는 건 아니지만.'

그나마 다행한 건 짐작 가는 바가 있다는 사실이다.

어쩌면 혼을 얻을 수 있는 유일한 찬스가 오늘부터 시작된다.

정훈의 시선이 주변을 향했다.

현재 그가 자리한 곳은 아지트, 아니, 이제는 아지트라 부를 수 없는 성이었다.

화룡의 심장, 목룡의 비늘, 풍룡의 날개, 수룡의 피를 재료로 공급하자 아지트는 일반적인 저택이 아닌 성의 형태로 발전할 수 있었다.

어렵사리 탄생한 성의 곳곳은 준형의 지휘 아래 전열을 갖춘 병력들로 들어찬 상태였다.

그리고 그것은 어딜 봐도 외부의 침입에 대한 방어 태세였다.

아우우.

만월이 떠오른 밤의 정적을 뚫고 긴 울음소리가 울려 퍼졌다.

그 소리를 듣고 떠올릴 수 있는 존재는 하나다.

"준비해. 녀석들이 온다."

미리 정훈에게 언질을 받은 준형이 모두에게 경고했다.

그리고 그 말이 끝나기도 전, 성벽 주위로 몰려드는 다수의 괴물들을 확인할 수 있었다.

늑대. 하지만 평범한 늑대가 아니다.

이족보행의 라이칸스로프 무리가 성벽 주변을 포위하고 있었다.

입문자들에게는 익숙한 존재기도 하다.

오랜 시간이 지났다곤 하나 그들에게 잊히지 않는 악몽으로 남은 양치기 소년의 정체가 바로 라이칸스로프였기 때문이다.

고작 라이칸스로프 따위라며 코웃음 치는 몇몇 입문자들도 있었지만, 대다수는 긴장으로 인해 침을 삼켜야만 했다.

숫자를 셀 수 없을 만큼 운집한 라이칸스로프 하나하나에게서 느껴지는 기운이 보통이 아니었다.

흡사 시나리오의 보스를 보는 듯한 막강한 기운을 뿌려 대는 녀석들을 무시할 수 있는 건 능력이 되지 않는 바보들에게나 가능한 일.

적어도 이곳에서 그런 바보는 소수에 불과했다.

'주, 죽었다.'

'이게 말이 되냐고!'

보는 시선 때문에 차마 입 밖으로 내뱉진 못했지만, 대다수가 같은 심정이었다.

저 라이칸스로프 무리 앞에서 버틸 수 있을 턱이 없다.

물론 수성이라는 이점이 있지만, 그래 봐야 돌 따위로 만든 건물이 버틸 수 있을 턱이 없지 않은가.

마음 같아서는 벌써 이곳에서 도망갔어야 하지만, 그러지 못한 건 포위를 당한 상태였기 때문이다.

수많은 라이칸스로프가 성벽 주위를 빈틈없이 둘러싸고 있었다.

도망갈 곳이 없다.

그나마 살아남을 확률이라면 이곳에서 버티는 것뿐이었다.

우우우.

긴장과 불안으로 점철된 성안의 기운을 읽은 라이칸스로프들이 행동을 개시했다.

─첫 번째 늑대 무리가 나약한 입문자들을 공격.

－제한 시간 1시간을 버티거나 모든 늑대들을 처치해야만 임무 성공.

－늑대들에 의해 아지트의 핵을 빼앗기거나 모든 입문자이 죽을 시 임무 실패.

마침내 6막의 메인 시나리오가 시작되었다.

나약한 입문자와 늑대들.

각자가 마련한 아지트를 거점으로 삼아 10차까지 이어지는 늑대들의 공격에서 견뎌 내야만 하는 어려운 임무였다.

'어려워도 아주 어렵지. 미친 난이도야.'

이번 시나리오의 어려움을 실감하고 있는 건 정훈밖에 없었다.

사실 6막의 경우 난이도는 고정된 게 아니다.

조정되는 조건이 있는데, 그 조건이라는 게 바로 아지트의 발전 상태다.

정훈이 지은 아지트는 최종 형태인 성으로 6막의 난이도를 한계까지 끌어올린 셈이다.

고작 첫 번째 공격의 라이칸스로프가 믿기지 않는 기운을 풍겨 대는 것도 그런 이유 때문이었다.

"지켜만 봐도 되겠습니까?"

준형 또한 불안하긴 마찬가지였다.

경외하는 정훈의 명이 있었지만, 라이칸스로프의 기운이 범상치 않았기 때문이다.

"그럼 어쩌려고? 달려가서 저 괴물들이랑 한바탕하게?"

"그렇게까지 정면 승부는 아니더라도 정훈 님과 저희가 나서면 어느 정도의 피해는 줄 수 있지 않겠습니까. 치고 빠진 후 수성에 돌입하면 좀 더 수월한 전투가 가능할 듯도 해서 말입니다."

정중하게 자신의 의견을 피력했다.

"놀고 있네."

하지만 정훈은 코웃음 쳤다.

"하여간 말만 늘어서는. 솔직히 말해, 인마. 나보고 알아서 처리해 달라고."

정훈이 나선다면 웬만한 녀석들은 알아서 처리할 것이다.

그렇게만 된다면 아군의 피해를 줄일 수 있을 테니, 준형이 노리는 것은 바로 그 점이었다.

"하하, 들켰습니까?"

"하하는 개뿔. 넉살만 늘어서는."

"그 넉살에 한 번 넘어가 주시는 겁니까?"

분위기는 좋다. 청을 들어주려는 것일까.

"아니."

하지만 정훈은 단호히 고갤 저었다.

"굳이 온전한 전력을 맞이하려는 생각이라도 있으신 겁니까?"

"필요 없으니까."

"네?"

"굳이 나설 필요가 없다고. 조금만 지켜봐. 내가 무슨 소리를 하는지 알 수 있을 테니까."

특유의 의문스러운 말을 던진 정훈이 굳게 입을 다물었다.

더는 대화하지 않겠다는 의지를 나타내는 것이다.

그의 버릇을 알고 있던 준형은 굳이 캐묻지 않았다.

'그렇게 되겠지.'

한 번 내뱉은 정훈의 말은 반드시 그렇게 실현된다.

의문은 이미 저 멀리 보내 버렸다.

그가 말했던 것처럼 지켜만 보는 것이 지금의 최선이었다.

"오, 온다!"

정훈과 준형의 대화가 끝을 맺을 무렵, 가까이 접근한 라이칸스로프들이 성벽을 기어오르고 있었다.

날카로운 손톱과 발톱을 이용한 그 속도는 기어오른다고 정의할 수 없을 정도로 빨랐다.

기껏 준비한 도구들이 무용지물이었다.

어느새 성벽의 끝까지 올라온 라이칸스로프가 날카로운 송곳니를 드러냈을 무렵이었다.

퍼엉!

어디선가 날아온 불덩이가 라이칸스로프와 충돌하며 폭발을 일으켰다.

분명 그리 큰 폭발은 아니었다.

하지만 그 불길에 휩싸인 라이칸스로프는 한순간에 검은 잿더미로 화했다.

마치 기름종이에 불을 붙인 것처럼 순식간에 일어나는 광경이 펼쳐졌다.

놀라운 건 그것만이 아니었다.

쩌적.

냉기를 품은 구슬이 날아와 라이칸스로프를 얼음 조각으로 만들었다.

파앗!

녹색 구체에 닿은 다른 무리는 검게 물들어 생명을 잃었다.

촤악!

한 줄기 불어온 강풍이 라이칸스로프 무리를 잘 다져진 고깃덩이로 만들었다.

놀란 입문자들이 주변을 돌아본다.

외성과 내성 사이의 빈 공간, 그곳에서부터 솟아난 빨강, 파랑, 초록, 하늘색의 탑이 보였다.

정체모를 기운은 바로 이곳에서 뿜어져 나오는 것이었다.

정확히 적만을 노리는 기운에 의해 성벽을 넘은 라이칸스로프 모두가 목숨을 잃었다.

"저, 저게 대체 뭡니까?"

놀란 준형이 물었다.

"마탑. 아지트를 보호하는 장치."

무려 각성한 사대 마룡을 처치해 얻을 수 있는 재료로 지은 성이었다.

그 장점이 넓은 반경과 견고함뿐이라면 말도 안 되는 일이다.

아지트에는 각 재료에 따른 방어 장치가 활성화되는데, 사대 마룡을 처치해 얻을 수 있는 건 각 속성의 마탑이었다.

이 강력한 마탑은 각 속성에 해당하는 탄을 0.5초의 재장전 시간으로 무한으로 발사할 수 있다.

아무리 라이칸스로프가 강하다 한들 이 속성탄 앞에서는 한낱 허수아비에 불과했다.

비록 일부분이긴 하지만 사대 마룡의 힘이 깃들어 있었기 때문이다.

모두의 걱정과는 달리 1차 웨이브는 너무도 간단히 격퇴할 수 있었다.

마치 그 모든 게 꿈이었던 것처럼 고작 10분이 지나기도 전에 말이다.

–첫 번째 늑대 무리 격퇴 성공.

–10분 만에 늑대 무리를 격퇴한 입문자들에게 50분에 추가 50분의 휴식 부여.

–1시간40분 동안은 늑대 무리가 접근하지 못함.

–더할 나위 없는 업적을 달성한 입문자들에게 아지트 완전 복구와

능력치 10퍼센트 상승의 축복을.

  10분 만에 첫 번째 늑대 무리를 물리친 보상은 꽤 달콤한
것이었다.

  차고 넘치는 휴식과 파괴된 아지트의 완전 복구, 거기에
능력치 상승까지.

  물론 이번 시나리오에 한정된 능력이긴 하지만 부족한 전
투 능력을 보완해 줄 혜택이었다.

  '생각했던 것보다 괜찮군. 이 정도면 세 번째까지는 무리
없이 버틸 수 있겠어.'

  강력한 속성탄은 꽤 만족스러울 정도였다.

  하지만 그것도 세 번째 웨이브가 지나면 그리 큰 위력을
발휘할 수 없을 터였다.

  '네 번째부터가 진정한 싸움의 시작이다.'

  물론 네 번째 전투가 이뤄지기 전까진 아직도 충분한 시간
이 남아 있었다.

  "준형."

  "부르셨습니까?"

  정훈에게만 온 신경을 집중하고 있었던 준형이 즉각 답
했다.

  "생판 모르는, 다른 무리에 소속되어 있던 녀석들이 살려
달라고 찾아온다면 어떻게 할 생각이지?"

역시 영문 모를, 뜬금없는 질문이다.

하지만 그것엔 무언가 뜻이 있을 터.

허투루 듣지 않고 진지하게 고민한 그는 곧장 답변을 내놓았다.

"비록 종족이 다르고, 차원이 다르다 해도 그들 모두 생명. 제가 거두어 보겠습니다."

처음 그때와 마찬가지로 준형은 변하지 않았다.

비록 종족이 달라진다고 해도 많은 생명을 살리고자 하는 그의 신념에는 변화가 없었다.

"뭐, 잘해 봐."

의미심장한 미소를 지은 정훈의 말을 끝으로 대화는 단절되었다.

그리고 얼마 지나지 않아 준형은 그 말의 의미를 깨달을 수 있었다.

꽝꽝!

누군가 거칠게 성벽을 두드렸다.

"사, 살려 줘!"

"제발 들여보내 줘!"

소란을 일으키고 있는 건 적이 아닌 입문자들이었다.

하지만 어쩐지 낯선 모습들이었다.

그들이 준형의 휘하가 아닌 다른 세력에 소속되어 있던 입문자들이었던 탓이었다.

그런데 몰골이 말이 아니었다.

광택으로 번쩍이던 무구는 빛을 잃은 채 곳곳이 찌그러져 있다.

찢어진 갑옷 사이로 드러난 살점은 검게 굳은 피로 얼룩져 있었고, 부서진 무기를 들거나 심지어 몇몇 이들은 맨손인 상태였다.

아우우.

길게 이어지는 늑대의 울음이 점차 가까이 들려오기 시작했다.

불안이 깃든 입문자들의 시선이 뒤쪽을 응시했다.

"열어 줘, 제발!"

그곳엔 엄청난 속도로 돌진하고 있는 라이칸스로프 무리가 있었다.

이대로 가만히 있다간 영락없이 그들의 먹잇감으로 전락할 수밖에 없을 터였다.

간절한 그들은 애꿎은 성벽만을 계속 두드릴 뿐이었다.

드르륵.

도르래가 움직이며 성문이 개방되었다.

달리 생각할 틈은 없었다.

곧장 열린 문 안으로 몸을 피했다.

하지만 이미 라이칸스로프가 가까이 접근한 상태.

입문자들과 함께 녀석들 또한 성안에 진입할 수 있었다.

"히익!"

견고한 성벽만을 믿고 있었건만, 이렇게 되면 모든 게 물거품이다.

라이칸스로프의 무력을 뼈저리게 깨닫고 있었던 그들이 두려움에 뒷걸음질 칠 때였다.

어디선가 날아온 색색의 탄이 라이칸스로프 무리를 강타했다.

눈 깜짝할 사이 그곳에 남은 건 강력한 괴물이 아닌 잿더미와 얼음 조각들뿐이었다.

"어? 어어?"

도무지 믿기지 않는 광경이었다.

그들의 아지트를 그야말로 박살내 버리고 무참히 동료들을 찢어발긴 괴물들이었다.

그 강력한 괴물들이 고작 몇 초를 버티지 못한 채 소멸된 것이다.

"어스 성에 오신 걸 환영합니다."

어안이 벙벙한 그들을 반긴 건 성의 표면적인 사령관인 준형이었다.

입문자들의 눈에 경계심이 어렸다.

생과 사를 오가는 현장을 이제야 막 벗어났으니 당연한 반응이었다.

"아, 이해합니다. 힘든 일을 겪으신 듯하니. 대영님."

"부르셨습니까."

그의 부름에 곧장 달려온 대영이 그 자리에 서 명을 기다렸다.

"이분들을 내성으로 안내해 주십시오."

익숙한 절차였다.

그럴 수밖에 없는 게 벌써 수많은 입문자들이 이곳을 방문했기 때문이다.

주어진 휴식시간 1시간 40분.

내성에 마련된 피난처에는 이미 수많은 이들로 가득했다.

그들의 정체는 다름 아닌 아지트 방어에 실패한 입문자들이었다.

고작해야 첫 번째 공격이다.

본래는 대다수 이 위기를 넘겼을 테지만, 정훈의 성 건축으로 감당할 수 없는 무리가 탄생하게 된 것.

뛰어난 실력자로 가득한 소수의 차원을 제외한 대다수의 입문자 세력은 아지트 방어에 실패한 채 어스 성으로 흘러들어 왔다.

그 수는 두 번째, 세 번째 공격으로 바뀔 때마다 더욱 늘어났고, 마침내 어스에 소속된 수를 능가하게 되었다.

문제는 여기서부터 발생했다.

준형이 그들은 받아들인 건 명백한 호의였다.

하지만 호의는 서서히 고개를 드는 탐욕 앞에 무너져 내리고 있었다.

Chapter 8

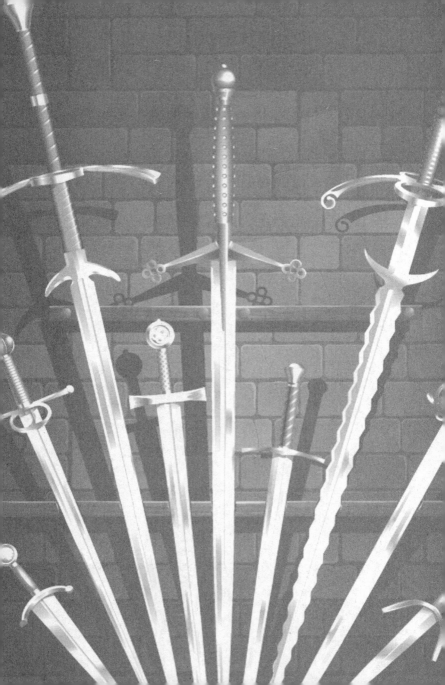

넓은 홀.

본래는 연회장인 이곳은 밀려드는 입문자들로 인해 피난처의 역할을 해야만 했다.

시각은 막 세 번째 늑대의 공격이 시작될 무렵, 피난처 안은 수만의 입문자들로 북적였다.

그 숫자만 해도 5만에 달하는 어마어마한 수.

현재 성에 주둔 중인 어스 연합군의 3배에 달하는 인원이었다.

수만의 입문자들이 몰려 있었지만 숨소리가 들릴 정도로 고요하기만 했다.

정적을 만들어 낸 건 홀의 중앙에 서서 열변을 토하고 있는 한 존재였다.

"호의? 정말 그렇게 생각하십니까? 아뇨. 결단코 말하는데, 호의가 아닙니다. 아무런 조건 없이 우리를 이곳으로 데리고 온 것은 우릴 괴물들의 방패막이로 사용하기 위함입니다."

곤충의 더듬이와 같은 긴 촉수가 머리 쪽에서 꿈틀거렸다.

전체적으로는 인간과 닮았으나 새까만 피부가 돋보이는 그의 정체는 네피리안이라 불리는 종족의 일원이었다.

"그들이 손을 쓰기 전에 우리가 먼저 움직여야 합니다. 그리고 지금이 그 적기입니다. 저들이 안심하고 있는 사이 깃발을 빼앗아 이곳을 우리 모두의 보금자리로 만들어야 합니다."

그가 말을 이어 갈 때마다 촉수가 미세하게 진동했다.

그것은 단순한 움직임이 아니라 그가 지니고 있는 스킬이 발휘될 때의 현상이었다.

정신 감응. 그가 어렵사리 획득한 정신계 스킬이었다.

전투 상황에서 별다른 효력을 발휘하지 못하지만 이런 상황, 즉 무언가를 주동하고자 할 때는 실패한 적이 없었다.

'크큭, 네 녀석들이 안 넘어가곤 못 베길걸.'

마치 최면에 걸린 것처럼 멍한 눈빛의 입문자들을 바라보던 콴은 새어 나오는 웃음을 참지 못했다.

그렇지 않아도 종족 특성 자체가 다른 존재와의 소통에 특화된 게 네피리안이다.

그중에서도 콴은 최면에 가까울 정도로 강력한 능력과 정신 감응이라는 스킬마저 지닌 상태였다.

물론 그 능력으로도 5만이나 되는 입문자들을 조종하는 건 쉬운 일이 아니었다.

하지만 여러 가지로 불안한 지금의 상황과 절묘하게 맞아들어 그들의 정신을 건드릴 수 있었다.

"맞아. 지금이 아니면 늦어. 우리가 선수를 쳐야 돼."

"어차피 호의도 아니잖아. 거리낄 것 없지."

하나둘 동조하기 시작한 인원은 순식간에 불어났다.

너무도 빠른 태세 전환이었다.

그럴 수밖에 없는 게 사실 콴이 주동하긴 했지만, 마냥 그만의 공이 아니었기 때문이다.

그는 그저 이들이 안고 있는 불안의 불씨에 부채질만 했을 뿐이었다.

"갑시다. 깃발만 빼앗으면 이 견고한 성이 우리의 것이 될 테니."

다분히 억지 이유로 배신을 정당화 한 5만의 반군叛軍.

그들이 노리는 건 내성 심장부에 위치한 점령의 깃발이었다.

비록 원 소유주가 아니더라도 점령의 깃발을 빼앗을 수 있다면 아지트를 소유할 수 있게 된다.

이 시스템으로 인해 입문자들은 괴물들만이 아니라 점령의 깃발을 빼앗아 아지트를 차지하려는 다른 입문자들도 경계해야만 했다.

하지만 어스 연합군은 호의를 베풀기 위해 그들을 피난처로 안내한 채 세 번째 늑대 무리를 맞이하는 중이었다.

호의를 악의로 치부한 탐욕의 무리가 내성을 뒤집고 있는지도 모른 채 말이다.

'이거 불안하게 너무 조용한 거 아냐?'

그새 반군의 우두머리가 된 콴은 너무도 고요한 내성 상황에 불안감을 느껴야만 했다.

아무리 세 번째 늑대의 공격이 시작되고 있다지만 이건 허술해도 너무 허술하지 않은가.

혹 무슨 꿍꿍이가 있는 게 아닐까.

'흥! 그래 봤자 제 놈들이 별수 있겠어?'

한 줄기 피어오르는 불안감을 애써 털어 냈다.

지금 이곳엔 5만이라는 숫자가 있다.

성에 주둔하고 있는 그들보다 훨씬 많은 수인 것.

설혹 그들이 눈치챘다 한들 별다른 수를 쓸 수 없을 것이다.

저 막강한 속성탄의 마탑 또한 내성 안에 있는 그들을 공격할 수 없을 테니 말이다.

내성의 규모는 상당했다. 아니, 무지하게 넓었다.

5만의 병력이 깃발 하나를 찾기 위해 한참을 찾아야 했으니까 말이다.

하지만 아무런 훼방꾼도 없는 수색 작업은 마침내 목표를 찾기에 이르렀다.

그것은 너무도 당연한 일이었으나…….

"어서 오십시오."

유일하게 예상하지 못한 게 있다면 단 한 명의 훼방꾼이 있다는 사실이었다.

뜻밖의 인물. 그는 지금 이곳에 있는 모두에게 호의를 베푼 장본인인 준형이었다.

"피난처가 마음에 드시지 않으셨습니까? 이 먼 곳까지 어쩐 일이신지."

여전히 사람 좋은 미소를 띠고 있다.

하지만 반군 모두가 알 수 있었다.

그가 이곳에 있다는 것, 그리고 자신들을 눈앞에 두고서도 동요하지 않는 이유를 말이다.

"다 알고 있었어? 근데 왜 너 혼자 왔지?"

어차피 들통 난 상황이니 콴이 나섰다.

그의 의문은 단순했다.

미리 알고 있었다면 마땅히 수비 병력을 배치하는 게 맞을 텐데 왜 혼자 있느냐는 것.

물론 지금이 본인에게 더 유리한 상황인 것 확실하지만,

궁금증을 참을 수 없었다.

"혼자 있으면 안 될 이유라도 있습니까?"

"새끼, 잘난 척이 하고 싶은 모양인데 그것도 상대를 봐 가면서 해야지."

콴의 손짓과 함께 반군에서도 손꼽히는 실력자 무리가 앞으로 나섰다.

고작 한 명을 상대하는 데 과분한 숫자였으나 명색이 연합군을 이끄는 수장.

그에 대한 철저한 대비를 하기 위함이었다.

"후우, 이러면 또 좋은 소리는 듣지 못할 텐데."

준형은 깊은 한숨을 내쉬었다.

그의 걱정은 눈앞의 대군이 아니었다. 자신의 신념에 대해 또 모진 소릴 늘어놓을 정훈이 더 무서웠다.

그나마 그들의 탐욕을 읽고 지금 이 자리에 서 있지 않았다면 혼나는 정도로는 끝나지 않았을 것이다.

'내가 싼 똥은 내가 치워야지.'

많은 이를 살리고자 하는 신념에는 변함이 없다.

하지만 은혜는 원수로 갚고자 하는 쓰레기들에게 베풀 인정은 없었다.

"미친 새끼!"

반군은 몸을 날려 접근해 왔다.

준형은 그들을 바라보면서도 한 점의 동요도 없었다.

"그거 아십니까. 마탑은 주인의 의지 하에 위치를 옮길 수 있다는 사실을."

준형의 말이 채 끝을 맺기도 전…….

드드득.

단단한 바닥을 뚫고 솟아나는 게 있었다.

"이, 이런!"

그것을 확인한 반군들은 경악을 금치 못했다.

길쭉하게 솟은 색색 그것은 외성 부근에 자리하고 있었던 마탑이었다.

감히 저항할 생각을 하지 못했다.

강력하기 그지없는 라이칸스로프 떼를 단숨에 소멸시킨 병기가 아닌가.

5만이라는 숫자도 마탑 앞에서는 아무런 의미가 없었다.

"제, 제발 용서를……."

"한 번만 살려 주십시오."

각자 쥐고 있던 무기를 지면에 떨군 채 무릎을 꿇었다.

단 하나의 예외도 존재하지 않았다.

'씨, 씨발. 망했다.'

다른 이들과 마찬가지로 무릎을 꿇은 콴이 식은땀을 흘렸다.

분명 주동자에 대한 언급이 있을 테고 자신이 지목될 것이다.

그럴 수밖에 없는 게 저 준형이란 자의 성격상 5만을 모두 죽일 것 같진 않았다.

보나마나 주동자를 비롯한 몇몇을 처벌하는 걸로 오늘의 일을 덮으려 할 것이다.

'여기서 죽을 순 없어!'

지금껏 어떻게 버텨 왔는데.

다른 이들에 비해 부족한 무력을 지니고서도 살아남을 수 있었던 건 어떤 상황에서도 굴하지 않는 잔머리 덕분이었다.

위급 상황에서도 그 능력은 죽지 않았다.

맹렬하게 돌아가기 시작한 그의 두뇌는 곧 한 가지 결론을 내놓았다.

기억 조작.

그것은 이계에서 얻은 스킬이 아니다.

그의 종족 네피리안, 그중에서도 특별한 소수의 몇몇에게만 전해지는 특별한 종족 특성이었다.

물론 그 능력이 아무리 대단하다 한들 5만 명이나 되는 이들의 기억을 조작한다는 건 어려운 일이다.

여러모로 운과 상황이 따라 줘야만 하는데, 지금이 원하는 바로 그 상황이었다.

어떻게든 자신의 목숨을 연명하기 위한 반군의 마음을 이용한다면 충분히 기억을 조작하는 게 가능할 터였다.

목숨을 부지하기 위한 마지막 수단.

콴의 더듬이가 빠른 속도로 진동하기 시작했다.

거기서 발생한 미세한 파동이 주변의 반군의 뇌에 영향을 주었고, 아주 잠깐이지만 모두의 눈이 몽롱하게 변했다가 다시금 정상으로 돌아왔다.

'서, 성공이다!'

준형을 제외한 모두의 기억을 조작하는 데 성공할 수 있었다.

이제 주동자는 자신이 아닌 아무런 상관도 없는 입문자가 지목될 것이다.

"크으."

물론 그 대가는 혹독했다.

깨진 것처럼 몰려오는 두통은 그의 능력 중 일부가 소실되었음을 의미하는 것.

이제 조금 전과 같은 강력한 정신계 공격은 사용할 수 없을 터였다.

'능력이야 얼마든지 올릴 수 있으니 상관없어. 지금은 살아남는 게 우선이다.'

마력이 상승하면 자연적으로 정신계 능력도 향상된다.

살아남을 수만 있다면 이까짓 능력이야 얼마든지 끌어올릴 수 있었다.

"우선 용서를 논하기 전에 이번 일을 주동한 이가 궁금하군요. 말해 줄 수 있겠습니까?"

"저자입니다."

"바로 저자가 이번 일을 주동했습니다."

준형의 말이 끝나기 무섭게 다들 누군가를 가리키기 바빴다.

그는 콴이 아니었다.

기억 조작에 의해 희생양이 된 입문자 중 하나였다.

그는 자신이 지목됐음에도 억울한 얼굴이 아니었다.

마치 당연히 죽음을 받아들여야 할 것처럼 호연하기 그지없었다.

쩌저적.

주동자로 지목된 이는 냉기가 깃든 속성탄에 의해 얼음 조각으로 화했다.

눈앞에서 펼쳐진 끔찍한 광경에도 남은 이들의 눈동자에 어린 것은 공포가 아닌 안도였다.

'살았어. 살았다고!'

주동자를 처벌하는 걸로 이번 일이 마무리되리라 믿어 의심치 않았다.

끼릭.

탄을 발사하는 입구가 돌아가며 반군을 조준했다.

그것은 명백한 공격 행위였다.

"이, 이게 무슨. 주동자는 이미 죽지 않았습니까?"

"우리도 속은 겁니다. 다시는 이런 일이 없을 겁니다. 제발 용서를……."

심상치 않은 분위기를 감지한 이들이 애원하기 시작했다.

"아뇨. 한 번 이빨을 드러낸 짐승은 다시금 이빨을 드러내기 마련. 안타깝지만 여러분들과의 신뢰는 이미 깨졌습니다. 그렇기에 용서는 없습니다."

분명 준형은 좋은 사람이나 바보는 아니었다.

물에 빠진 이들을 구해 주었으나 도리어 보따리를 내놓으라는 격.

한 번 실수는 병가의 상사라는 말도 있으나 적어도 이곳에서 그런 말은 통하지 않는다.

한 번 배신한 이는 두 번, 세 번, 얼마든지 배신할 수 있는 세계가 바로 이곳이었다.

준형의 지상최대 목표는 많은 존재들을 살리는 것이지만, 그 자리에 짐승만도 못한 자의 자리는 없었다.

"다음 생이라는 것이 있다면 부디 지금과 같은 실수는 하지 말기를."

평소와 다른 차가운 눈을 한 준형의 독백을 끝으로 수백 개의 마탑에서 속성탄이 발사되었다.

"씨이발!"

독에 찬 콴의 외침과 함께 반군의 마지막 발악이 시작되었다.

사방으로 흩어진 그들이 도주했다.

하지만 그건 정말 사소한 발악에 지나지 않았다.

속성탄은 위력도 위력이지만 그 속도 또한 남다르다.

라이칸스로프에게 전멸할 정도로 허약하기 그지없는 입문자들이 받아 낼 수 있는 게 아니었다.

"아악!"

사방에서 비명이 울려 퍼졌다.

그리고 그곳은 한 폭의 지옥도를 방불케 했다.

"아악!"

그건 세 번째 늑대들의 공격이 끝나갈 무렵에 들려온 비명이었다.

물론 전투에 정신이 팔려 있던 대부분은 이를 듣지 못했으나 놀라운 감각을 지니고 있었던 정훈만큼은 달랐다.

그는 아련히 들려오는 비명에 고개를 끄덕였다.

조금 전 홀로 움직인 준형을 봤다.

왜 움직이는지 짐작하는 건 어렵지 않은 일이었다.

다만 궁금한 건 녀석이 어떤 방식으로 반군을 처리할지에 관한 것이었는데, 지금 들려오는 비명은 그 답을 알려 주고 있었다.

'아주 머저리는 아니라서 다행이긴 하네.'

능력에 관해서는 의심해본 적이 없었다.

이계에 몸을 담은 입문자들 중에서도 손가락 안에 꼽히는 재능이라 할 만했으니까.

단지 문제라 생각한 부분은 착해 빠진 인성이었다.

생명을 소중히 하는 게 마냥 나쁜 건 아니지만, 이 치열한 생존 게임에서는 큰 걸림돌이 될 수밖에 없다.

늘 그 부분이 걸렸었는데 그간의 경험을 통해 꽤 성장한 모양이었다.

모처럼 정훈에게 합격점을 받을 만큼 말이다.

ー세 번째 늑대 무리 격퇴 성공.

ー30분 만에 늑대 무리를 격퇴한 입문자들에게 30분에 추가 30분의 휴식 부여.

ー1시간 동안은 늑대 무리가 접근하지 못함.

ー훌륭한 업적을 달성한 입문자들에게 완벽할 정도의 아지트 복구와 능력치 5퍼센트 상승의 축복을.

마침내 늑대들의 공격이 끝났다.

첫 번째와 두 번째에 비해 훨씬 많은 수의 라이칸스로프가 공격을 감행했으나 마탑에 의해 속절없이 무너져 내렸다.

그로 인해 피해는 전무했고, 어스 연합군은 온전히 전력을 보존할 수 있었다.

"왔냐?"

"네."

쥐도 새도 모르게 접근한 준형이었다.

하지만 정훈은 그의 접근을 진즉에 눈치챈 상태였다.

"새끼, 생명이 어쩌고저쩌고 하더니 5만 명을 아무렇지도 않게 죽여 대네."

"은혜를 저버린 이들입니다. 짐승만도 못한 녀석들에게 자비는 필요 없지 않겠습니까?"

"이야, 네가 했던 말 중에 그게 제일 현실적이다."

"모르셨습니까? 제가 원래 좀 현실적입니다."

"넉살도 몰라보게 늘었고 말이야."

"감사합니다."

항상 삭막하기만 하던 두 사람의 대화는 꽤 화기애애한 분위기를 유지하고 있었다.

함께해 온 시간이 조금은 관계를 발전시킨 덕분이었다.

비록 차갑고, 인간에 대한 불신이 남아 있는 정훈이라도 생사를 함께해 온 준형에겐 조금의 여유를 두었다.

물론 그렇다고 해서 신뢰하거나 친구라 생각하는 건 아니다.

그저 잠시 동안 같은 길을 가는 동반자로의 대우를 해 주는 것뿐, 그 이상은 아니었다.

"그리고 지금부턴 내 명령에 따라 줘야겠어."

6막에 들어선 순간부터 준형에게 모든 결정권은 위임했지만, 지금부터는 그럴 수 없었다.

"난이도가 높아지는군요."

눈치 또한 백 단이었다.

"그래. 그것도 지금까지완 비교할 수 없을 정도로."

"전선에 서시는 겁니까?"

"그래야지. 하지만 혼자는 아냐. 믿을 만한 녀석으로 50명만 추려 봐."

"기준은 어떻게 해야 합니까."

"지난번과 동일하게."

지난번이라 함은 신뢰할 수 있는, 그리고 실력을 갖춘 이들을 말하는 것이었다.

"알겠습니다. 10분 안에 돌아오겠습니다."

그 말을 남기고 사라지는 준형을 물끄러미 응시했다.

'토대를 확실히 다져 놔야겠지.'

사실 이번 시나리오는 기회였다.

높은 티어의 주사위를 드롭하는 괴물이 떼거리로 나오는 무대는 흔치 않기 때문이었다.

그렇기에 이번 기회에 확실한 토대를 만들어 줄 심산이었다.

어차피 라이칸스로프 따위로 오르지 않는 능력치를 지니고 있는 탓에 선심을 쓰려는 것.

물론 마지막은 양보할 수 없지만, 그전까지는 확실히 밀어 줄 생각이었다.

－네 번째 늑대 무리가 나약한 입문자들을 공격.

　1시간의 달콤한 휴식이 끝나고 네 번째 늑대 무리의 공격
이 시작되었다.

　벌써 세 번째 공격. 이제는 익숙해질 만도 하건만 어째선
지 어스 연합의 눈동자엔 긴장의 빛이 역력했다.

　긴장된 시선의 끝, 성과는 상당히 멀리 떨어진 곳에 모여
있는 무리가 있었다.

　그 수는 정확히 52명. 정훈과 준형, 그리고 연합군 중에서
도 선별된 인원들이었다.

　견고한 성의 보호도 없이 전선에 서 있었지만, 그들에게서
긴장을 찾아보기는 힘들었다.

　"자신만만하네?"

　자신감 넘치는 눈빛을 읽은 정훈이 입을 떼었다.

　"죽을 만큼 노력했습니다."

　그 말을 받은 건 준형이 아닌 제만이었다.

　평소 자존심이 강했던 그는 정훈을 따라가기 위해 죽을 만
큼 노력했다.

　과장이 아니라 목숨을 도외시한 채 할 수 있는 모든 것을
다 했다.

물론 성과는 있었다.

최약체 지구 출신으로 시작해 지금은 입문자들 중에서 상위에 드는 무력을 손에 넣을 수 있었던 것.

정말 놀라울 정도의 성장이었지만, 그럼에도 제만은 만족할 수 없었다.

'도대체 이 괴물은 얼마나 강한 거지?'

발끝 정도에는 닿았을 거로 생각했다.

하지만 막상 눈앞에 있는 정훈을 보게 되자 그 모든 게 다오만한 생각이었다는 걸 깨달을 수 있을 뿐이었다.

찌릿.

그의 근처에 있는 것만으로 온몸에 전기가 통하는 느낌이었다.

의도하지 않아도 자연스레 새어 나오는 기세가 만들어 낸그 현상.

그것은 뱀을 눈앞에 둔 쥐새끼가 느끼는 두려움과 같은 것이었다.

위험하다, 도망쳐, 끊임없이 본능이 경고하고 있었다.

만약 정훈이 아군이 아닌 적이었다면 벌써 무기를 버리고줄행랑을 쳤을 것이다.

'아직도 가야 할 길이 멀다.'

새삼 깨닫는다. 아직도 갈 길이 멀었다는 것을, 자신이 모시는 준형이 당당한 길을 걷기 위해선 더 노력해야 한다는 사실을 말이다.

"그렇게 실망할 필욘 없어. 넘을 수 없는 벽이라는 게 존재하는 법이니까."

제만의 마음을 읽어 낸 정훈이 위로랍시고 말을 꺼냈다.

"뭐, 지금처럼만 해. 그러면 최소 떨거지들은 면할 수 있을 테니."

물론 듣기엔 따라선 비아냥거리는 것으로 생각할 수 있다. 하지만 꽤 오래 동안 정훈을 지켜본 그들은 알고 있었다.

저것도 나름 생각해서 해 주는 말이라는 걸.

아니, 애초에 그가 말을 꺼낸 것 자체가 여러모로 편의를 봐준 것이라 할 수 있었다.

"명심하겠습니다."

그동안 여러 가지 불만과 갈등으로 부딪치긴 했으나 정훈의 말을 들어서 손해를 본 적은 없었다.

그렇기에 다들 인정했다. 그의 실력을, 그리고 그의 도움을 말이다.

아우.

아련히 들려오는 울음.

네 번째 늑대 무리가 접근하고 있었다.

"온다. 다들 지금 마셔."

정훈의 말에 모두가 보관함에서 물약을 꺼내 들었다.

반투명한 둥근 병 안에는 찬란한 황금색으로 번쩍이는 액체가 들어 있다.

이곳으로 오기 전 정훈이 모두에게 나눠 준 물약이었다.

미리 언질을 받은 게 있기에 곧장 물약을 마신다.

"크으!"

300밀리리터 정도 되는 양을 한 번에 들이킨 모두의 표정이 그리 좋지만은 않다.

고삼차를 300배 농축시킨 것처럼 무지하게 썼기 때문이다.

"몸에 좋은 거니까 인상 펴."

물론 그리 말한 정훈의 인상도 그리 좋진 않았다.

'맛은 진짜 별로란 말이야.'

황금 고블린의 피.

지금 그들이 복용한 것의 이름이었다.

무려 전설급의 물약으로, 운명의 주사위의 추가 드롭 확률을 50퍼센트 증가시킨다.

이 말이 무엇이냐면 한 몬스터당 오직 하나만 얻을 수 있는 운명의 주사위를 50퍼센트 확률로 추가 획득이 가능하다는 것이다.

달인의 숙련도에 이른 연금술로 제작할 수 있었던 물약.

물론 52개나 되는 양을 제작하기 위해 재료 공수에 진땀을 빼긴 했다.

준비는 그게 끝이 아니었다.

보관함에서 꺼내 든 깃발, 두 개의 원이 교차해 있는 그것을 바닥에 꽂았다.

–반경 500미터 내의 모든 입문자가 공동체로 묶임.
–동의하면 '네', 그렇지 않으면 '아니오'로 답변.

귓가에 파고드는 알림에 52명이 동시에 '네'라고 답했다.
이로써 52명 파티가 탄생하게 된 셈이다.
정훈이 바닥에 꽂은 깃발은 공동체의 깃발이라는 소비용 아이템으로 반경 내에 있는 모든 입문자를 파티로 묶었다.
사실 파티가 된다 해도 전투적으로 도움이 되는 건 없다. 유일하게 좋은 점이라 하면 드롭 확률에 대한 부분이다.
50명 이상의 입문자가 파티를 할 경우 평균 드롭 확률에 최종적으로 곱하기 2를 하게 된다.
물론 인원이 많으면 많을수록 배수가 늘어나긴 하지만, 어차피 2배 이상은 의미가 없었다.
정훈이 노린 건 황금 고블린의 피로 인해 증가한 추가 운명의 주사위 드롭 확률이었다.
50퍼센트에서 2배라 하면 100퍼센트. 즉 무조건 2개의 추가 주사위를 얻을 수 있게 된 것이다.
"온다!"
넓게 펼쳐 놓은 정훈의 기감에 포착된 적의 거리는 꽤나 가까웠다.

모두에게 경고를 한 후 정면을 노려보았다.

스스슥.

수풀을 헤치고 나온 건 은빛 털을 지닌 라이칸스로프 10마리였다.

수백, 수천 마리가 동시에 달려들던 조금 전과 비교하면 가볍게 보인다.

하지만 지금 이 자리에 모인 이들 중 진정 그 무거움을 가리지 못할 자는 없었다.

'강하다.'

달빛을 받아 반짝이는 은색 털은 마치 갑옷을 입은 것처럼 묘한 광택을 뿜내고 있었다.

분위기가 다르다.

사실 분위기뿐만이 아니라 느껴지는 기세 자체가 회색의 라이칸스로프와는 비교할 수 없는 것이었다.

'설마 여기서 고대의 늑대를 보게 될 줄은 몰랐는데.'

정훈은 다른 이들과 달리 긴장은 하지 않았다.

하지만 예상외의 적에 조금은 놀라긴 했다.

고대의 늑대. 정훈의 마지막 시나리오 무대이기도 한 7막의 중간 보스로 등장하는 녀석이었다.

비록 최종 적은 아니지만 무려 다음 시나리오의 네임드였다.

6막에서, 그것도 이렇게 10마리가 몰려다닐 만한 녀석들이 아닌 것이다.

　−크르. 신선한 먹이로구나.
　−오랜만에 피에 흠뻑 취할 수 있겠군.

　앞을 막은 정훈을 보며 이죽거렸다.
　놀랍게도 녀석들은 의지를 통해 의사를 소통할 수 있는 존재였다.
　"어디 실력 좀 보자."
　정훈의 말이 끝나기 무섭게 무서운 속도로 쇄도하는 건 준형과 50명의 정예들이었다.
　카캉!
　무기와 날카로운 손톱이 충돌하며 요란한 불똥이 튀었다.
　과연 예상한 것처럼 고대의 늑대는 강력한 괴물들이었다. 하지만 준형을 비롯한 50명도 그리 만만한 상대는 아니었다.
　능력치는 물론 무장의 상태도 흠잡을 데 없다.
　특히 오랜 시간 동안 합을 맞춰 온 덕에 뛰어난 연환기를 선보일 수 있었다.
　마치 51명이 한 몸이라도 된 것처럼 손발을 맞추어 고대의 늑대들을 압박했다.
　무려 탈에 달한 능력치를 지닌 고대의 늑대들이었지만, 각자가 따로 노는 바람에 여러모로 불리한 전투를 치러야만 했다.

서걱.

마침내 준형의 검이 1마리의 목을 베어 냈다.

끈적한 검은색 피를 흘린 육신이 지면에 엎어지는 순간이었다.

아우우우우우.

위기의식을 느낀 고대의 늑대 9마리가 길게 이어지는 울음을 내뱉었다.

두두두두.

그리고 이어 지축을 두드리는 진동과 함께 멀찍이 흙먼지가 피어올랐다.

심상치 않은 분위기를 감지한 모두의 시선이 그곳으로 향했다.

"저, 저건……!"

자욱하게 피어오른 흙먼지 사이로 보이는 은색 물결. 그것은 족히 수만은 되어 보이는 고대의 늑대들이었다.

탈의 능력치를 지닌 강력한 괴물이 수만의 군대를 이루어 진격하고 있는 것이었다.

만약 그것이 적의 무리가 아니었다면 장관이라 표현했을지도 모른다.

하지만 그들은 마냥 그 장관에 감탄할 수 없었다.

아름다운 은빛 물결은 그들을 찢어발기기 위해 다가오는

고대 늑대 무리였으니까 말이다.

"적이 너무 많습니다. 아무래도 성으로 피하는 게 좋지 않겠습니까?"

아무리 정훈의 능력이 하늘에 닿았다 한들 한계가 있는 법이다.

수만에 달하는 고대 늑대 무리를 감당할 수 있을 턱이 없다.

준형을 비롯한 모두가 견고한 성벽과 마탑을 끼고 전투를 치러야 한다고 주장했다.

"도망갈 놈은 꺼져. 대신 500미터 반경을 벗어나면 성장할 기회도 사라진다는 걸 명심해."

고대 늑대는 7티어 주사위인 오리할콘 주사위를 드롭한다.

그것도 드롭 확률이 2배로 불어나 1마리당 2개의 주사위를 얻을 수 있는 상태.

만약 저 수많은 늑대를 처리할 수 있다면 어떻게 되겠는가.

현재의 경지를 아득히 초월할 수 있다는 것을 나타낸다.

'하지만 수가 너무 많아.'

'자살행위 같은데.'

그간 보여 준 정훈의 실력이 있기에 망설이고 있는 거지, 다른 보통의 사람이었다면 망설이지 않고 내뺐을 것이다.

"저는 남겠습니다."

가장 먼저 결정을 내린 건 준형이었다.

그의 얼굴에선 다른 사람들에게 보이는 갈등의 흔적이 없었다.

그것은 확고한 믿음.

적어도 정훈에 관해서는 일말의 망설임조차 보이지 않았다.

"그럼 저도 남겠습니다."

"사령관님을 두고 갈 수 없죠."

"준형 님의 곁을 지키겠습니다."

조금 전까지만 해도 고뇌하던 51명은 단호하게 결정을 내릴 수 있었다.

누구도 몸을 빼지 않는다.

준형이 정훈에게 확고한 믿음을 가지고 있는 것처럼 그들 또한 준형에 대한 확고한 믿음, 그리고 신뢰가 있었기 때문이다.

"나는 못 믿어도 녀석은 믿을 수 있다 이거지?"

그들의 행동거지를 지켜본 정훈이 중얼거렸다.

비아냥거리려는 의도는 아니다.

생각해 보면 무시당했다고 여길 수 있으나 오히려 그는 지금 상황이 기꺼울 뿐이었다.

"그게 아니라……."

"쉿!"

뭐라 변명하려는 준형의 입을 막은 그는 등을 돌려 정면을 응시했다.

어느새 은빛 물결이 지척에 접근하고 있었다.

'다시는 내 능력을 의심하지 않도록 똑똑히 새겨 주마.'

다시 한 번 격의 차이를 보여 줄 것이다. 이를 위해 일부러 감춰 두었던 모든 마력을 개방했다.

휘오오.

그의 주변 대기가 맹렬한 속도로 움직이며 거대한 소용돌이를 만들어 냈다.

단지 기운을 끌어올린 것만으로 자연의 재해를 재현할 정도의 강대한 힘.

"태양이 떠오르니, 모든 존재를 멸하리라."

그 힘이 정점에 이른 순간 마침내 입술을 달싹였다.

은빛 물결 위로 황금빛 기운이 모여들었다.

응축되고 또 응축된 기운은 이내 찬란한 빛을 뿌리는 작은 구슬을 생성해 냈다.

구슬에서 뿜어져 나오는 건 단순한 빛이라고 부르기엔 너무 강렬했다.

"누, 눈부셔!"

잠깐 직시했을 뿐인데도 눈이 따갑다.

눈을 멀게 하는 빛으로 인해 모두가 눈을 감거나 손으로 앞을 가려야만 했다.

그것은 고대의 늑대들 또한 마찬가지였다.

빠른 속도로 움직이던 발이 멈췄다.

마치 시간이 정지한 것과 같은 광경 속에서 유일하게 움직이는 건 정훈의 모든 힘이 응축된 태양구였다.

느릿한 속도로 하강한 태양구가 마침내 고대 늑대 무리의 중앙에 떨어졌다.

핑.

집중해야 들을 수 있을 정도의 작은 소음이 들려왔다.

하지만 그 결과마저 작은 건 아니었다.

충돌과 함께 폭발을 일으킨 태양구는 고열의 열기를 품은 태양 폭풍을 발생시켰다.

콰아아아.

그 열기에서 살아남을 수 있는 건 없었다.

주변을 은빛으로 물들인 늑대 군단과 울창한 삼림 모두 흔적조차 남기지 못한 채 사라지고 말았다.

그곳에 남아 있는 거라곤 수만의 괴물들이 남긴 막대한 양의 전리품뿐이었다.

"어, 어으아."

마치 핵폭탄이 터진 것처럼 깨끗해진 장내를 확인한 이들은 말문을 잇질 못했다.

막연하게 강하다고 생각은 했는데 그 수준이 이 정도일 줄은 몰랐던 것이었다.

'흠, 이 정도일 줄은 몰랐는데.'

정작 정훈조차도 조금은 놀라고 있었다.

그간 강자들만 상대해 온 탓에 조무래기들과 대면할 경우가 많지 않았다.

　지금도 준형의 수준을 끌어올리기 위한 것이 아니라면 늑대 무리를 상대하지 않았을 테지만, 그로 인해 본인의 힘이 어느 정도의 수준에 이르렀는지 실감할 수 있었다.

　－네 번째 늑대 무리 격퇴 성공.
　－1분 만에 늑대 무리를 격퇴한 입문자들에게 2시간의 휴식 부여.
　－2시간 동안은 늑대 무리가 접근하지 못함.
　－믿을 수 없는, 기적을 달성한 입문자들에게 아지트의 완전 복구와 능력치 20퍼센트 상승의 축복, 더불어 아지트 방어 시설물 10퍼센트 증가.

　'오!'
　그 보상은 정훈도 예상하지 못한 것이었다.
　능력치 향상이야 어느 정도 예상한 바였지만, 아지트 방어 시설물의 10퍼센트 증가라니.
　'쯧, 이럴 줄 알았으면 처음부터 나설 걸 그랬군.'
　마탑만으로도 충분히 상대가 가능하다는 것을 알고 있었기에 굳이 나서지 않았다.
　하지만 또 다른 보상이 달려 있다면 이야기가 다르다.
　물론 굳이 추가 보상이 없어도 시나리오를 무사히 마칠 자신이 있었지만, 유비무환이라 하지 않던가.
　준비를 단단히 해서 나쁠 이유는 없었다.

이윽고 결심을 굳힌 그가 주변을 둘러보았다.

영혼이 나간 것처럼 멍한 이들의 얼굴을 확인할 수 있었다.

그건 준형이라고 예외는 아니었다.

"뭘 그렇게 얼이 빠져 있어. 챙길 건 챙겨야지?"

정훈의 말에 그제야 정신을 차린다.

"아, 알겠습니다."

그들은 준형의 지휘 아래 바닥에 널린 전리품을 챙기기 시작했다.

'저게 정말 인간이라고?'

'괴물. 괴물도 저런 미친 괴물이 없을 거야.'

전리품을 챙기는 내내 힐끔거린다. 모처럼 격의 차이를 실감한 그들은 정훈을 같은 인간이라 생각할 수 없었다.

─아홉 번째 늑대 무리 격퇴 성공.

─50분 만에 늑대 무리를 격퇴한 입문자들에게 10분의 휴식 부여.

─10분 동안은 늑대 무리가 접근하지 못함.

─힘든 업적을 이룩한 입문자들에게 미약한 아지트의 복구와 2퍼센트의 능력치 상승의 축복을.

"후우."

마침내 아홉 번째 늑대 무리를 격퇴한 정훈.

하지만 힘겹게 내뱉는 숨에서부터 그 과정이 그리 만만하지 않다는 사실을 알 수 있었다.

최종 단계가 아니라면 수월하리라는 예상을 뒤엎고 상당히 어려운 과정을 겪어야만 했다.

그 첫 시작은 일곱 번째 늑대 무리에서부터였다.

탈의 끝에 이른 능력치 정도는 얼마든지 이해할 수 있는 부분이었다.

문제는 단순한 능력치의 상승이 아닌 '면역'의 권능을 지니고 있다는 점이었다.

일곱 번째 늑대 무리가 지닌 면역 능력은 물리, 그리고 화염 속성이었다.

자신 있게 발휘한 태양구가 단 하나의 늑대도 처리하지 못했다.

무언가 잘못되었음을 느낀 정훈이 스퀴테를 사용했으나 이 역시 통하지 않긴 매한가지였다.

얼마 지나지 않아 두 가지 면역의 권능을 지니고 있음을 깨닫곤 묠니르로 격퇴하는데 성공했지만, 거기서부터 무언가 심상치 않음을 깨달을 수 있었다.

8번째 늑대 무리. 물리, 화염, 번개, 물의 면역.

9번째 늑대 무리는 물리, 화염, 번개, 물, 바람, 대지, 그리고 모든 속성에 대해 강력한 저항을 지니고 있었다.

아무리 강력한 정훈의 공격도 미약한 피해를 줄 뿐이었다.

그로 인해 무려 50분의 시간을 소요해야만 했다.

조금만 지체했어도 임무에 실패할 뻔했던 것이다.

진땀을 뺀 정훈이 호흡을 골랐다.

각성한 사대 마룡을 물리친 대가는 꽤나 혹독했다.

그 마지막 상대는 무엇이 됐건 간에 그리 쉽지만은 않을 터였다.

아니, 어쩌면 그의 예상을 훨씬 상회하는 강대한 적이 나올지도 모른다.

'할 수 있는 모든 준비를 하는 수밖에.'

그조차 예상할 수 없는 상대이기에 할 수 있는 모든 것을 준비해야만 했다.

"준형."

정훈과 마찬가지로 한숨 돌리고 있었던 준형이 옆으로 다가왔다.

"말씀하십시오."

"전에 말했던 거래에 대해서 말인데."

"거래라면?"

"능력의 씨앗."

"아!"

정훈과 준형의 거래는 입문자들을 살리는 것 이외에도 한 가지가 더 있었다.

준형과 협력, 이제는 어스가 된 연합군이 지닌 모든 씨앗을 모아 둘 것, 그리고 때가 되면 정훈에게 양도해야만 한다는 내용이었다.

물론 씨앗을 대가로 정훈은 무구 및 운명의 주사위를 책임지겠다는 약속을 했다.

"아시겠지만, 씨앗을 요구하는 건 단 한 번입니다. 잊지 않으셨겠죠?"

준형이 언급한 건 거래에 중요 내용이었다.

단 한 번에 한해 씨앗을 요구할 수 있다는 것.

물론 그동안 준형은 씨앗을 사용할 수 없었다.

지금의 요구를 끝으로 이 거래는 사라진다.

앞으로 얻는 씨앗은 정훈이 아닌 연합군의 소유가 되는 것이다.

"물론. 한 입으로 두말 하진 않아. 이번 요구를 끝으로 능력의 씨앗은 너희의 소유가 된다."

"알겠습니다. 지금 당장 씨앗을 드리겠습니다."

정훈과의 거래를 잊지 않고 있었던 준형은 곧장 보관함을 열어 궤짝 하나를 꺼냈다.

어디서든 흔히 볼 수 있는 나무 궤짝.

텅!

하지만 내용물마저 평범한 건 아니었다.

상당히 큰 내부를 가득 채운 건 색색의 씨앗이었다.

능력치를 무조건 10 올려 주는 소비 아이템이 무려 1,147 개나 들어 있었다.

1막에서부터 6막에 이르기까지 준형을 비롯한 그의 부하들이 모아 온 것이었다.

신뢰를 중요시하는 준형은 정훈과의 약속을 지키기 위해 동료와 부하들에게 양해를 구했고, 지금껏 단 한 개의 씨앗도 사용하지 않고 모을 수 있었다.

"훌륭해."

정훈 또한 그 사실을 짐작할 수 있었다.

1천 개가 넘는 씨앗은 그가 사리사욕을 채우지 않았음을 증명하는 것이었다.

상자를 가져간 정훈은 망설이지 않고 그 모든 씨앗을 삼켜 댔다.

겉으론 딱딱해 보이나 혀에 닿는 순간 액체화되어 부드럽게 넘어갔다.

1,147개의 씨앗은 채 3분이 지나기도 전에 정훈에게 흡수되었다.

한정훈	
근력(化) : 8,295	강인함(化) : 7,631
순발력(化) : 9,888	마력(化) : 11,254

정화된 마기를 이용하지 않고도 화에 달하는 능력치를 지

닐 수 있었다.

하지만 거기에 만족할 정훈이 아니었다.

마계로 향하는 문이 열렸다.

일전과 마찬가지로 마계 생물들의 마기를 흡수해 반지에 축적시켰다.

해독의 물약을 손에 쥐고 능력치를 상승시키는 각종 물약을 추렸다.

—열 번째 늑대가 나약한 입문자들을 공격.

10분의 휴식시간이 끝나고 마침내 열 번째 늑대가 등장했음을 알렸다.

"늑대?"

모두에게 한 가지 의문이 생겼다.

지금까지는 늑대 무리가 공격한다고 알렸으나 이번에는 늑대 하나를 지칭하고 있었다.

우우우.

아련히 울려 퍼지는 울음과 함께 구름에 가려져 있던 만월이 떠올랐다.

칠흑이 지배하고 있던 장내를 환히 비추는 달빛을 받으며 걸어오는 존재.

검은 털을 지닌 라이칸스로프였다.

긴장된 시선으로 적을 응시하던 정훈의 눈동자가 놀라움으로 커졌다.

"리카온!"

늑대 인간의 시초가 모습을 드러내는 순간이었다.

다음 권으로 이어집니다

꿈의 도약, 로크에서 하십시오
(주)로크미디어에서 신인 작가를 모십니다

즐거운 세상, 로크미디어는 꿈을 사랑하고 도전을 두려워하지 않는 작가 분들의 참신한 작품을 기다리고 있습니다. 21세기 장르 문학계를 이끌어 갈 차세대 선두 주자 (주)로크미디어에서 여러분의 나래를 활짝 펴 보시길 바랍니다.

모집 분야 판타지와 무협을 포함한 장르 문학
모집 대상 아마추어 작가, 인터넷 작가
모집 기한 수시 모집
작품 접수 시 유의 사항
    1. 파일명은 작가명_작품명.hwp형식을 갖춰 주십시오.
    1. 파일에 들어갈 내용은 다음과 같습니다.
       — 성명(필명인 경우 실명을 밝혀 주세요), 연락처, 이메일 주소
       — 제목, 기획 의도
       — A4용지 1장 분량의 등장인물 소개
       — A4용지 2장 분량의 전체 줄거리
       — 본문
    1. 작품이 인터넷에 연재되고 있다면, 게시판명과 사이트의 구체적이고 정확한 주소를 기재해 주십시오.

선택된 작품은 정식 계약 후 출판물로 간행되어 전국 서점에 유통됩니다.
작가 분은 (주)로크미디어의 전폭적인 지원하에 전속 작가로 활동하시게 됩니다.
※ 자세한 내용은 로크미디어 홈페이지(rokmedia.com)를 참조하세요.

(03920)서울시 마포구 성암로 330 DMC첨단산업센터 3층 314호
(주)로크미디어 편집부 신간 기획 담당자 앞
전화: 02 – 3273 – 5135
www.rokmedia.com   이메일 : rokmedia@empas.com

문필드 현대 판타지 장편소설
ROK MODERN FANTASY STORY

차원
이동으로
재벌된
남자

고구마같이 답답한 현실,
『차원 이동으로 재벌 된 남자』가
착한 갑질로 뚫어 드립니다!

실직의 슬픔을 낮술로 달래던 비운의 소시민 강준우
방 안 옷장의 빛을 따라가니 눈앞에 나타난 건
게임에서나 봤던 중세 시대 마을?

술에 취해 꾼 꿈인 줄 알았건만, 이게 진짜라고?

정체 모를 액체를 마시고 술이 깬 걸 기억해 낸 준우는
다시 한 번 옷장을 열게 되는데……

차원 이동으로 가져온 물건에 실패는 없다!
양쪽 차원을 오가며 사람들을 현혹하라!

패전처리, 회귀하다

드러먼드 스포츠 장편소설

골라 봐, 랜디 존슨의 슬라이더? 리베라의 커터?
선수 생명을 담보로 꿈의 구질을 얻다!

노력만큼은 세계 최고였던 턱걸이 메이저리거
한 번의 활약도 없던 패전처리 전문 투수 문지혁
은퇴 날 찾아온 야구의 신과 기묘한 거래를 하게 되다

"누구보다 노력한 자네에게 주는 선물이네."

그 노력에, 이 재능에, 회귀까지?
지독한 연습벌레, 마구를 쥐고 다시 마운드에 오르다!